스타라이프

스타라이프

1판 1쇄 찍음 2018년 11월 29일
1판 1쇄 펴냄 2018년 12월 5일

지은이 | 정사부
펴낸이 | 정 필
펴낸곳 | 도서출판 **뿔미디어**

편집장 | 김대식
기획 · 편집 | 문정흠

출판등록 | 2002년 9월 11일 (제1081-1-132호)
주소 | 경기도 부천시 원미구 소향로 17번길(두성프라자) 303호 (우) 14544
전화 | 032)651-6513 / 팩스 032)651-6094
E-mail | bbulmedia@hanmail.net
비북스 | http://www.b-books.co.kr

값 8,000원

ISBN 979-11-315-9302-8 04810
ISBN 979-11-315-8292-3 04810 (세트)

BBULMEDIA FANTASY STORY

스타셰이프

정사부 현대 판타지 장편 소설

4

CONTENTS

Chapter 1
훈장 수여

수현과 셀레나의 관계는 수현의 부모님을 대면한 이후 빠르게 전개됐다.

　두 사람이 사귄다는 뉴스가 나온 뒤, 셀레나의 부모님은 그리 크게 놀라지는 않았다.

　이미 두 사람의 관계에 대해 들었기 때문이다.

　그리고 셀레나가 수현의 부모님을 만난 뒤부터 양 집안의 동의 아래 두 사람의 관계는 이전보다 더 진척됐다.

　만약 셀레나가 외국인이 아닌 한국인이나 동양인이었다면 이렇게까지 빠르게 관계가 진척되진 않았을 것이다.

　아시아에서는 연인인 당사자 두 사람의 관계도 중요하지

만, 양 집안 간의 관계도 고려하지 않을 수가 없다.

그렇기에 두 집안 간의 상견례를 통해 절차와 형식을 논의하는 게 일상적인 과정이지만, 셀레나가 미국인인 관계로 많은 순서가 생략되었다.

이미 수현의 부모님이 인정을 한 이상, 두 사람 사이를 가로막을 것은 없었다.

자연 수현과 셀레나의 관계는 급속도로 가까워졌다.

둘 모두 엄연한 성인이니 만큼 육체적 관계도 자연스레 진행되었다.

그러다 보니 어느새 결혼 이야기까지 나오고, 대략적으로 내년 연말쯤에 식을 올리는 것으로 합의를 보았다.

그도 그럴 것이, 수현이나 셀레나 두 사람 모두 세계적으로 유명한 톱스타들이다.

지금은 휴식기를 가지고 있지만, 이미 내년의 스케줄이 대략적으로 잡혀 있는 상태다.

스케줄을 진행하면서 세부적인 조정은 있겠지만, 몇몇 스케줄이 첨가가 될 것은 자명한 사실이니, 연중에는 두 사람 모두 도저히 결혼식을 할 시간을 낼 수가 없었다.

그나마 내년 이맘때쯤이면 시간이 날 수도 있을 것 같기에 아예 날을 잡아버린 것이었다.

솔직히 셀레나는 심적으로 최후의 고비라 여긴 수현의 부모님이 허락을 했기에 어서 빨리 수현과 결혼해 행복한 가정을 이루고 싶은 마음이 절실했다.

하지만 이제 막 팬들에게 이름을 알리기 시작한 수현이 본격적으로 활동을 해야 할 시기에 결혼을 한다면 자칫 타격을 받을 수도 있기에 양보를 한 것이다.

미국에서는 그렇지 않지만, 한국이나 동양에서는 미혼인 스타가 결혼을 하면서 인기가 떨어진다는 이야기를 셀레나도 들은 적이 있었다.

수현과 사귀면서 셀레나는 수현에 관해서 아주 사소한 것이라도 공부를 했다.

수현의 가족관계는 물론이고, 수현이 속한 엔터테인먼트와 로열 가드라는 아이돌 그룹에 대해서도 공부를 했고, 한 발 더 나아가 한국의 문화와 한국어 등 작은 것도 놓치지 않으려고 노력했다.

이러한 셀레나의 배려에 수현이 감동한 것은 두말할 나위가 없었다.

그리고 이는 수현의 부모님 또한 마찬가지였다.

외국인 며느리를 맞이하는 것이 살짝 부담되긴 하지만, 하나뿐인 아들이 좋아하기에 허락을 한 것이다.

이런 행복한 나날을 보내고 있는 와중에 미국에서 뜻하지 않은 소식이 전해져 수현은 급하게 출국을 하게 되었다.

원래 계획대로라면 한국에서 연말까지 시간을 보내다 로열 가드 멤버들과 함께 미국으로 갈 예정이었다.

로열 가드가 정식으로 미국에 진출하면서 음악 시상식에 초청되었기 때문이다.

그런데 갑작스런 미국 의회의 요청으로 수현이 먼저 움직일 수밖에 없었다.

킹덤 엔터에서는 느닷없는 소식에 잠시 어리둥절해했지만, 곧 정신을 차리고 진상을 파악했다.

그 결과, 미국 의회가 수현에게 참석해 달라고 한 요구가 결코 나쁜 일이 아님을 알 수 있었다.

오히려 앞으로의 행보를 생각하면 무척이나 도움이 되는 내용이기에 흔쾌히 받아들인 것이었다.

*　　　*　　　*

찰칵찰칵.

수현이 미국으로 떠나기 위해 인천 국제공항에 모습을 드러내자, 어떻게 알았는지 이른 시각임에도 수많은 기자들이 몰려들어 사진을 찍어 댔다.

"수현 씨, 그게 사실입니까?"

"미국 의회에서 수현 씨에게 훈장을 수여한다는데, 기분이 어떻습니까?"

수현이 미국 의회로부터 훈장을 수여받는다는 소식이 알려지며, 기자들은 진위를 확인하기 위해 모여든 터였다.

내신 기자들은 말할 것도 없고, CMM을 비롯해 영국과 독일, 프랑스 등 세계 각국의 외신 기자들이 모여 질문을 퍼부어 댔다.

수현은 몰려든 기자들을 슥, 돌아보며 정신을 차릴 수가 없었다.

설마하니 이렇게 많은 사람들이 자신의 근황에 관심을 가지리라고는 생각하지 못했기 때문이다.

기자들은 과연 무슨 말을 꺼낼지 수현의 입을 주시했다.

사실 미국 의회에서 훈장을 주는 것이 평범한 일은 아니었다.

게다가 수현은 미국 시민이 아닌 한국인이기에 더욱 그러했다.

그러니 기자들이 관심을 두는 것은 어쩌면 당연한 일이다.

수현이 받기로 한 훈장의 정식 명칭은 의회 명예 황금 훈장[Congressional Gold Medal]이었다.

이것은 민간인에게 수여하는 훈장 중에서는 최고의 명예를 지닌 것으로, 미국 대통령이 수여하는 대통령 자유훈장과 어깨를 나란히 할 정도였다.

특히 대통령 자유훈장의 경우, 대통령 개인이 주는 훈장인 데 반해 의회 명예 황금 훈장은 미국 의회 대다수에게 인정을 받았다는 의미였다.

그렇기에 의회 명예 황금 훈장을 받기 위해선 상하 양원에게 2/3의 발의를 받아야만 했다.

이러한 특수성 때문에 미국 언론사 기자들의 취재는 다른 국가와는 자세부터가 달랐다.

특히나 수현에 대한 미국인들의 사랑은 이루 말할 수 없기에 더욱 그러했다.

처음 LA 동물원에서도 타인의 귀감이 되는 선행으로 이름을 알리더니, 얼마 전에는 공연 중 테러리스트를 잡고, 나아가 다른 연쇄 테러를 미연에 방지하기까지 했다.

당시 테러리스트들의 목표는 미국을 이끌어 나가는 정재계의 유명 인사들이 모인 자선 행사장이었다.

만약 그곳에서 테러가 발생했다면 미국은 엄청난 시련과 고초를 겪었을 것이 분명했다.

일부 학자들의 논평에 따르면, 만약 테러리스트들의 테러가 성공했다면 2001년 9월에 발생한 뉴욕 테러나, 제2차 세계대전 초기에 일본의 기습 공격을 받았을 때와 맞먹는 충격을 받았을 것이라 평가했다.

이어진 논평에는 다행히 그러한 테러가 한 인물로 인해 사전에 발각되어 미수로 그치게 된 것이 천만다행이라 했다.

누군가는 신의 축복이 있기에 가능한 것이라고까지 말하였다.

스타라이트

그만큼 수현이 펼친 활약은 엄청나게 대단한 일인 것이다.

게다가 공연 전에 폭탄이든 차량을 찾아낸 사실이 대중에 알려지면서 수현은 그가 출연한 '시티 오브 가더'에서 맡은 '마스터 현'의 현신이라는 소문까지 퍼졌다.

일부 '시티 오브 가더'의 열성 팬들은 그 이야기가 뉴스를 통해 알려지자 사실인 양 믿었다.

그러면서 울프 TV에서 마련해 준 뉴욕의 집이나, LA에 있는 로열 가더의 숙소에는 수현(마스터 현)에게 수련을 받고 싶다는 문의가 쇄도하였다.

사실 수현이 휴가를 받아 한국에 들어온 이유도 그에 한 몫했다.

부모님을 뵙고 셀레나를 소개하는 것도 있지만, 이러한 열성 팬들을 피하기 위한 이유도 포함돼 있었기 때문이다.

이러한 이유로 웃지 못할 일이 벌어지기도 했다.

미국 대통령은 자기 나름대로 미국 국민들을 구해낸 수현에게 대통령 자유훈장을 수여하려 했는데, 미국 의회가 한 발 빠르게 나선 것이었다.

미국 대통령으로서는 수현에게 훈장을 수여하는 것이 자신의 주가를 높이는 데 도움이 되기에 결코 양보할 마음이 없었다.

하지만 자선행사에 참석했다가 하마터면 테러의 희생자

가 될 뻔한 미국 국회의원들이 자신들의 입장을 밝히며 강력하게 주장을 하고 나섰다.

수현에게 훈장을 주는 주체는 미국 국회가 되어야 한다고.

그런 과정을 거쳐 대통령 자유훈장의 수여는 취소가 되고, 의회 명예 황금 훈장을 수여하는 것으로 바뀌게 된 것이었다.

어찌 되었거나 수현이나 대한민국의 입장에서는 큰 영광이었다.

또한 수현의 소속사인 킹덤 엔터도 마찬가지다.

그런 까닭에 미국 의회의 요청이 들어오자마자 바로 수현에게 연락을 하고, 미국행을 서두른 것이었다.

동시에 킹덤 엔터에서는 이런 사실을 슬며시 기자들에게 알렸다.

하지만 킹덤 엔터의 홍보부조차도 예상하지 못한 것이 있었다.

그것은 바로 미국의 의회 명예 황금 훈장의 권위가 그들의 생각보다 훨씬 높다는 것이었다.

결국 예상보다 많이 몰려든 기자들로 인해 수현은 공항에 도착했음에도 꼼짝도 할 수 없었다.

기자들에게 붙잡혀 질문 세례를 받느라 제대로 출국 수속조차 밟지 못한 것이다.

수현 개인으로서는 불행한 일이지만, 킹덤 엔터 입장에선 너무도 즐거워 비명을 지를 만한 사태였다.

뭔가 문제가 터져 기자들이 모여든 것도 아니고, 선행으로 인해 명예가 올라가는 일이니, 이런 일은 언제든지 환영이었다.

몸은 고되고 힘들지 몰라도 마음은 가벼운 이유였다.

솔직히 로열 가드의 뉴욕 공연 마지막 날 테러가 벌어져 폭탄이 장치된 차량이 발견되고, 몇몇 테러리스트들이 무대 앞까지 나와 총을 겨누기까지 하였다.

그때 당시만 해도 총괄 매니저인 전창걸을 비롯해 킹덤 엔터의 모든 직원들은 하늘이 노래지는 경험을 했다.

그런 이유로 로열 가드의 미국 전국 투어가 끝나는 것과 동시에 멤버들을 데리고 서둘러 한국으로 돌아온 것이기도 했다.

미국이 많은 총격 사건들로 인해 치안이 불안하다고는 들었지만, 사실 이때까지만 해도 별로 신경 쓰지는 않았다.

하지만 막상 직접 그러한 일을 겪고 나니, 이재명 사장이나 임직원들은 달리 생각하게 되었다.

그런데 그 일로 미국 의회에서 테러를 미연에 방지한 업적과 테러리스트를 잡은 공로로 훈장을 준다고 하니 또다시 생각이 바뀌었다.

물론 미국의 치안이 어떠한지 현실을 깨닫게 되어 이제는 예전처럼 무방비하게 다니지는 않을 것이다.

어쨌든 킹덤 엔터에서 흘린 정보로 인해 많은 기자들이 몰려들었다.

대다수는 이번 미국행에 대한 질문을 했지만, 기자들의 관심이 모두 같지는 않았다.

몇몇 기자들은 수현과 공식적으로 사귀고 있는 셀레나 로페즈에 관한 질문을 던졌다.

그도 그럴 것이, 두 사람이 사귀게 된 지도 벌써 1년이 다 되어가는 상황이었다.

중간에 작은 추문이 있기는 했지만, 두 사람이 함께 한국으로 들어오는 모습이 카메라에 잡히면서 새로운 소문을 만들어낸 것이다.

두 사람이 함께 한국에 온 이유가 수현의 부모님께 결혼을 승낙받기 위해서가 아닌가 하는 의혹이 한국의 인터넷 신문을 장식했다.

이야기를 만들기 좋아하는 한국 연예부 기자의 망상이긴 하지만, 소 뒷걸음질에 쥐 잡는다는 말처럼 아주 비슷하게 맞아떨어진 것이다.

그게 전부는 아니지만, 수현이 셀레나 로페즈와 함께 한국에 온 것은 비슷한 이유였기 때문이다.

1년 가까이 사귀면서 수현은 자신의 가슴속에 셀레나가 가득 차 있다는 사실을 깨달았다.

셀레나 또한 자신을 그렇게 여기고 있다는 것을 확인한 뒤, 수현은 그녀를 부모님께 정식으로 소개하기로 결심을 한 것이다.

그리고 수현의 부모님 또한 수현의 마음을 알고, 두 사람의 관계를 허락했다.

이러한 속사정을 모르는 기자들은 어떻게 해서든 수현과 셀레나의 러브 스토리를 쓰기 위해 집요하게 물고 늘어졌다.

"저희 두 사람은 당분간 지금의 관계를 계속 유지할 생각입니다."

찰칵찰칵.

"그럼 결혼 허락을 받기 위해 함께 온 것이 아니란 소립니까?"

기자는 수현의 대답에 눈을 반짝이며 말꼬리를 잡아 다시 한 번 질문을 하였다.

"지금 당장 밝힐 순 없지만, 저희 부모님도 셀레나를 좋아합니다."

"그게 사실입니까?"

기자는 조금 전보다 더 흥분해서 꼬치꼬치 캐물었다.

그러자 이제는 공항에 모인 기자들 전부가 귀를 쫑긋 세우며 이 둘의 대화를 관심 있게 지켜보았다.

정말 예상치도 못한 수확이었기 때문이다.

수현이 미국 의회에서 훈장을 받는다는 소식을 듣고 그 진위를 확인하기 위해 나온 자리인데, 뜻하지 않게 현재 최고의 주가를 올리고 있는 수현과 셀레나의 연예사에 대한 정보를 듣게 된 것이다.

사실 팬들에게는 수현의 훈장 수여 소식보다 연인인 셀레나 로페즈와의 관계가 더욱 궁금한 문제였다.

그런데 본인의 입으로 직접 그에 대한 이야기를 꺼내니, 관심을 가지지 않을 수가 없었다.

연예인의 가십은 누가 뭐라 해도 돈이 되지 않는가.

인간의 본성을 자극하는 타인의 연애 이야기는 관심이 없던 사람도 찾아보게 만드는 마력이 있었다.

특히 연예부 기자들에게는 스타에 대한 궁금증을 자극하는 데 이보다 좋은 소재는 없기에 수현의 입에서 어떤 말이 나올까 기대하며 이목을 집중했다.

"하하, 오늘은 여기까지 하도록 하죠. 비행기 출발 시간이 다 되어 이만 가보겠습니다."

아니, 갑자기 이게 무슨 소린가.

한껏 고조된 분위기에서 갑자기 김빠지는 소리를 하는 수현의 모습에 기자들은 한순간 아무 말도 못하고 굳어버렸다.

마치 이야기를 해줄 것처럼 분위기를 띄우다 엉뚱한 소리를 꺼내는 수현으로 인해 멘붕에 빠져 버린 것이었다.

스타일이트

그렇게 기자들이 방심한 틈을 타 수현과 셀레나는 빠르게 공항 안으로 들어갔다.

　그런 두 사람의 모습에 기자들은 뒤늦게 정신을 차리고 잡으려 했지만, 이미 수현과 셀레나는 공항 안으로 모습을 감춰 버린 후였다.

　결국 기자들은 닭 쫓던 개마냥 두 사람이 사라진 공항의 출입문만 쳐다볼 뿐이었다.

＊　　　　＊　　　　＊

　─ 시청자 여러분, 안녕하십니까. 여기는 미국의 수도 워싱턴 D.C.에 자리한 국회의사당 앞입니다. 조금 뒤면 우리 대한민국의 자랑인 월드 스타 정수현 씨의 의회 명예 황금 훈장 수여식이 거행될 예정입니다. 현재 훈장 수여식이 진행될 현장에는 추운 날씨에도 불구하고…….

　─ 안녕하십니까. STV 특파원 강소라입니다. 현재…….

　─ Are viewers, Hello. Front of the National Assembly(시청자 여러분, 안녕하십니까. 국회의사당 앞입니다).

　많은 국내외 기자들이 마이크를 든 채 조금 뒤 미국 국회

의사당 안에서 벌어질 일에 대해 중계를 하고 있었다.

한국에서도 많은 방송국과 신문사들의 미국 주재 특파원들이 미국 국회의사당 앞 행사장에 나와 중계에 열중하고 있었다.

마음 같아서는 함께 미국으로 가서 자랑스러운 아들이 훈장을 받는 모습을 직접 보고 싶은 게 부모의 마음이지만, 연말에 예약한 손님들이 워낙 많아 자리를 비울 수가 없었다.

오녀인 그들이 빠져 버리면 손님에 대한 예의가 아니기에 어쩔 수 없이 이렇게 TV 중계로나마 아들의 기쁜 소식을 접할 수밖에 없었다.

하지만 그럼에도 아들이 훈장을, 그것도 외국의 국회에서 주는 훈장을 받는다는 것에 마냥 기뻐했다.

게다가 그저 그런 시시한 나라도 아니고, 세계에서 가장 강하다는 미국의 국회의원들이 만장일치로 훈장을 수여하는 것이라 했다.

한편으로는 취소된 미국 대통령의 훈장이 더 좋지 않나 생각해 보지만, 지금 받는 의회의 훈장도 대통령이 주는 것 못지않게 대단한 것이라는 이야기를 들었기에 아무래도 좋았다.

그저 아들이 훈장을 받는다는 소식이 마냥 기쁠 뿐이었다.

스태쉐이프

다만, 한 가지 바람이 있다면, 다음부터는 이런 위험한 일로 훈장을 받지 않았으면 하는 것이었다.

아직도 그때의 일만 생각하면 가슴이 떨렸다.

아들의 공연 도중 테러리스트가 총을 쐈다는 뉴스 속보를 들었을 때는 정말로 기절할 듯 놀랐다.

처음에는 범인이 그 자리에서 체포되었다는 소식만 전달되어 따로 아들에게서 연락이 오기 전까진 마음을 졸였다.

하지만 일이 잘 풀려 이렇게 훈장까지 받게 되니 새삼 감회가 남달랐다.

이윽고 방송 카메라 뒤편으로 사람들이 분주하게 움직이고 있는 모습이 나오자 정병규 옹과 조윤희 여사의 호흡이 가빠졌다.

언뜻 화면에 수현의 모습이 스쳐 지나간 것 같았기 때문이다.

잠시 후, TV 화면에 등장한 아나운서가 조금 뒤 수여식이 거행될 거란 말에 두 사람은 더욱 흥분했다.

사장 부부가 한껏 흥분한 모습으로 지켜보고 있을 때, 황찬의 직원들도 모두 기대 섞인 시선으로 TV 화면을 뚫어져라 응시했다.

이러한 모습은 비단 이곳, 압구정에 있는 황찬뿐만이 아니었다.

톈진에 있는 황찬 본점은 물론이고, 중국 전역의 황찬 체인점에서 비슷한 상황이 연출되고 있었다.

주방에 있던 주방장들까지 모두 나와 TV를 보느라고 한 동안 음식이 나오질 않았다.

그러다 보니 손님들로부터 항의가 터져 나올 법도 했지만, 다행히도 식당 측의 설명을 듣고 모두 마음 넓게 이해해 줬다.

손님들도 황찬이 누가 만든 것인지 잘 알고 있기 때문이었다.

뿐만 아니라 '대금위'에서 열연을 펼치며 16억 중국인들을 즐겁게 해준 수현을 기억하기에 황찬의 직원들과 함께 수여식을 지켜보았다.

*　　　　*　　　　*

어느덧 12월에 들어섰지만, 어쩐 일인지 바람도 그리 불지 않고 날씨 또한 화창했다.

마치 하늘이 수현의 훈장 수여식을 축복하는 듯했다.

만약 날씨가 좋지 못했다면 이렇게 야외에서 행사를 진행하지는 못했을 것이다.

좁은 의사당 실내에서 훈장 수여식이 거행되었을 것이고, 그러면 의회 명예 황금 훈장 수여의 의미가 약간은 퇴색되었을지도 모를 일이었다.

미국을 위협하는 테러를 막고, 미국을 이끌어가는 이들을 향한 테러 모의도 사전에 차단한 일이다.

비록 이를 막은 사람이 외국인이라고는 하지만, 그 사람은 이전에도 자국민을 위기에서 구해낸 영웅이었다.

그 일로 수현은 미국인들에게 각인되었다.

거기서 한발 더 나아가 수현은 드라마를 통해 더욱 인지도를 올렸고, 수현의 평상시 모습과 TV 화면을 통해 비친 배역과 이미지가 비슷해, 이제 미국인들은 수현을 그가 맡아 열연한 드라마에서의 캐릭터와 동일시했다.

그리고 그러한 이미지가 자리 잡는 데 결정적인 역할을 한 것은 바로 바클레이스 센터에서 진행된 전국 투어 마지막 공연에서 테러를 미연에 방지한 것이었다.

수현은 마치 드라마 속 배역인 '마스터 현' 처럼 적이 겨누는 총을 두려워하지 않았고, 총알을 피하며 순식간에 몸을 날려 두 명이나 되는 테러리스트를 제압했다.

그런 수현의 모습은 고스란히 미국 전역에 생중계됐고, TV를 통해 그 장면을 지켜본 미국인들은 더욱 열광했다.

물론 테러를 막고 테러리스트들을 제압하는 데 주변의 도움을 받기는 했다.

하지만 수현의 모습을 지켜본 사람들의 눈에는 그런 것이 전혀 들어오지 않았다.

다만, 수현이 총을 쏘는 테러리스트들을 향해 용감하게

몸을 날려 사람들을 구하는 모습만이 기억될 뿐이었다.

사실 바클레이스 센터에서 수현이 두 명의 테러리스트를 제압할 때, 저스트 비버가 뒤에서 여성 테러리스트를 공격해 총을 빼앗기는 했다.

그러나 로열 가드를 사랑하는 팬과 수현을 좋아하는 미국인들의 입장에서는 아무리 저스트 비버가 최고의 슈퍼스타라 해도 관심 밖이었다.

게다가 그는 수현과 얽힌 구설수로 인해 인기가 추락하는 상태였고, 그에 반해 수현은 이미지나 인기 면에서 승승장구를 하는 중이었다.

당연히 모든 스포트라이트가 수현에게 맞춰질 수밖에 없었다.

그리고 시간이 지나면서 미국의 시청자들 외에도 사건이 일단락된 뒤 토픽으로 전해진 소식을 접한 전 세계의 시청자까지 로열 가드와 리더인 수현을 다시 보게 되는 계기가 되었다.

자신들과 직접적으로 해당이 되지 않는 외국, 그것도 아시아의 아이돌이지만 이제는 아니었다.

이러한 사실을 알기에 미국 정부는 이번 의회 명예 황금 훈장 수여식을 보다 큰 행사로 만들어 전 세계로 소식을 전하려고 하였다.

다행히 날씨 또한 이러한 미국을 지지하는 것인지 추운

12월의 워싱턴 D.C.의 날씨라고는 믿기지 않을 정도의 날씨에 많은 국내외 귀빈들은 물론이고, 일반 시민들도 국회 앞으로 나와 수현의 훈장 수여식을 보기 위해 몰려들었다.

*　　　　*　　　　*

　훈장 수여식이 거행되는 행사장 단상 위에는 미국 정부와 국회 상원 의원들이 앉아 있었고, 단상 아래 첫째 줄에는 미국과 동맹인 국가의 대사나 수교국의 대사들이 자리하고 있었다.

　하지만 대사들을 위한 자리가 아닌 것이 딱 두 자리 비어 있었다.

　그것도 가장 가운데 자리였는데, 이는 훈장을 받는 수현과 연인인 셀레나 로페즈의 자리였다.

　원칙대로라면 훈장을 받는 당사자인 수현이 자리하는 것은 맞았지만, 셀레나 로페즈는 해당 사항이 없기에 아무리 그녀가 유명인이라 해도 중요한 앞자리가 아닌 일반인 참석자들이 앉는 가장 뒷줄에 앉는 것이 맞았다.

　하지만 주최 측의 배려로 수현의 옆자리에 앉게 된 것이다.

　이는 훈장을 받는 수현이 적극적으로 어필을 했기에 가능한 일이었다.

아무리 수현이 시스템의 도움으로 강심장이라고는 하지만 자신과 어울리지 않는 자리라 생각하는 이런 거북한 자리에서도 평정을 유지하는 것은 쉬운 일이 아니었다.

물론 일정 이상의 긴장감이 고조된다면 시스템이 알아서 차단을 하겠지만, 그것은 결코 바람직한 일이 아니었기에 수현은 행사 주최 측에 양해를 구하고 연인인 셀레나와 함께 자리할 수 있었다.

물론 주최 측도 이런 수현의 요구에도 곤란한 기색을 내비치지 않았다.

훈장을 받는 사람들 중에는 부부가 함께 참가를 하는 경우도 있는데, 그럴 때는 수훈자를 배려해 자리를 만들곤 했기 때문이다.

그리고 초강대국 미국 정부가 주최하는 행사에 딴지를 걸사람은 아무도 없기에 수현의 요구는 별다른 잡음 없이 받아들여졌다.

그러다 보니 본의 아니게 셀레나는 카메라의 집중 조명을 받게 되었다.

그도 그럴 것이, 오늘의 주인공은 누가 뭐라 해도 수현이었고, 방송 카메라들은 수시로 수현이 있는 곳을 비출 수밖에 없었다.

그렇게 수현이 자주 카메라에 노출이 되다 보니 옆자리에 앉아 수현과 이야기를 주고받는 모습이 빈번하게 포착이 된

것이다.

"방금도 나와 자기를 찍었어!"

셀레나는 처음만 해도 수현의 옆자리에 앉아 자신의 연인이 훈장을 받는 모습을 가장 앞자리에서 보게 된다고 좋아했었는데, 자꾸만 자신들을 집중하는 카메라가 이제는 부담이 되기 시작했다.

연예인이라 카메라의 시선을 그리 두려워하지 않고 어느 정도 즐기는 그녀였지만 장소가 장소이다 보니 행동에 조심을 하게 되어 부담이 되었다.

더욱이 주변에는 수현을 제외하고 아는 사람은 하나 없고, 모두 나이 지긋한 할아버지들만 발견할 수 있었다.

사실 이 자리에는 할리우드의 유명 스타들도 많이 초청되어 참석했다.

하지만 셀레나가 있는 자리하고는 한참이나 떨어진 자리로 그들과 대화를 주고받는 것은 불가능했다.

그러니 자연 긴장을 풀기 위해 수현과 대화를 할 수밖에 없었는데, 지금도 수현과 이야기하는 모습이 방송용 카메라에 잡히고 있을지 모르는 일이었다.

그리고 또, 그녀를 긴장하게 만드는 것은 수현과 이야기를 하고 있으면 이를 관심 있게 지켜보는 주변의 할아버지들이었다.

그들은 그저 바라보는 데 그치지 않고 간간이 수현과 셀레나의 대화에 끼어들었고, 셀레나는 그 덕분에 알게 된 할아버지들의 신분이 미국과 수교를 한 각국의 대표들이란 것을 알게 되었을 때는 깜짝 놀랐다.

그녀가 생각하는 것보다 많은 각국 대사들이 자리를 하고 있었으며, 오늘 훈장을 받게 되는 수현에게도 관심이 많다는 것을 알게 되었기 때문이다.

특히나 수현에게 가장 큰 관심을 보이는 이는 중국의 대사였다.

중국 대사 양화평은 수현의 모국인 한국 대사보다 더욱 적극적으로 수현과 대화하기 위해 노력했기 때문이다.

그 덕분에 셀레나는 잠깐 수현이 한국인이 아니라 중국인인가 고민했을 정도였다.

"대인, 언제 저에게도 주석이 드셨다는 그것을 먹어볼 수 있는 영광을 주실 수는 없습니까?"

양화평은 처음 테러에 관한 이야기에 관심을 보이던 것과는 다르게 전혀 엉뚱한 이야기를 꺼냈다.

"네?"

"전에 인민 총회가 끝나고 주석께서 얼마나 자랑을 하던지… 제가 톈진에 있는 본점까지 가서 먹어볼 짬이 없어서……."

자신이 황찬 마니아란 것을 이야기하며 양화평은 수현과 담화를 이어갔다.

그런 둘의 대화를 주변에 있던 다른 나라의 대사들도 듣게 되었는데, 그들은 지금 양화평이 무슨 이야기를 하는 것인지 좀처럼 이해가 가지 않았다.

그도 그럴 것이, 그들이 알기에 수현은 요리사가 아니었다.

오늘 훈장을 받는 이는 연예인이라 들었다.

노래도 하고, 연기도 하는 재능이 있는 연예인으로, 한국이란 나라에서 온 아이돌 스타 정도로 생각하고 있었는데, 양화평 중국 대사의 이야기를 들어보며 자신들이 잘못 알고 있는 것은 아닌가… 하는 생각마저 들었다.

"별말씀을 다 하십니다."

"아니, 텐진 시장의 이야기를 들어보니 본점의 주방장이 대인의 제자라고 하더군요."

"하하하하!"

수현은 너무도 어처구니없는 이야기에 웃음을 참지 못했다.

텐진 본점의 주방장, 아니 황찬의 주방을 책임지고 있는 요리사들 중 그 누구도 수현의 제자라고 할 수 있는 사람은 없었다.

그들의 요리 경력만 해도 수현이 요리를 한 기간의 몇 배, 아니, 몇 십 배나 되기 때문이다.

그럼에도 양화평이 그런 말을 하는 것은 황찬의 주방장들에게 수현이 레시피를 공개하고, 이를 가르쳐 주었기 때문이다.

어떻게 보면 그의 말도 맞는 말이지만, 수현은 그렇게 생각을 하지 않았기에 웃음이 터져 나오고 말았던 것이다.

어차피 자신의 생각을 이야기하여도 그가 곧이곧대로 듣지 않을 것을 알기 때문이다.

한편 두 사람이 하는 이야기를 들으면서 주변에 있던 대사들은 눈을 반짝였다.

중국은 미국과 함께 G2라 불릴 정도로 강성하고 있는 나라다.

예전 냉전 시절 소련과 미국이 세계를 양분했던 것처럼 현재 세계는 미국과 중국이 첨예하게 대립하고 있었다.

물론 냉전 시절의 그런 대립이 아닌 경제로 대변되는 무역 전쟁이 그것이다.

자원과 싼 인건비를 무기로 값싼 저가 물건을 전 세계에 공급하며 급부상한 중국, 중국은 이렇게 저가 상품으로 벌어들인 외화로 급속도로 발전했다.

이후 소련이 붕괴한 뒤 미국을 견제하는 나라가 사라진 상태에서 그나마 미국과 라이벌 관계인 러시아를 따라잡아 추월하더니 현재는 미국의 목 언저리까지 치고 올라왔다.

아직까지 군사, 경제, 어느 것 하나 맞상대할 수는 없지만, 그래도 앞으로 걱정이 될 정도로 중국의 급부상은 두려울 정도였다.

더욱이 중국은 공산주의 국가에 10억이 넘는 인구를 가지고 있어 불량국가로 제재를 하기도 쉽지 않았다.

우선적으로 중국은 UN 상임 이사국이다.

제2차 세계대전의 승전국으로서 상임이사국이며, 핵무기를 보유한 나라이기도 했다.

전 세계 어느 곳이든 공격이 가능한 핵무기를 공식적으로 보유한 나라인 중국이다 보니 아무리 초강대국 미국이라도 자신들의 마음에 들지 않는다고 강제로 제재를 할 수 없다는 소리다.

그런 중국을 대표해 온 양화평 대사가 너무도 자연스럽게 이야기를 하고, 언뜻 부탁을 하고 있는 모습을 보이는 것에 다른 국가의 대사들은 놀란 표정을 하고 이를 지켜보았다.

그리고 그건 행사를 주최하는 미국 정부 요원들의 눈에도 들어왔다.

양화평 대사와 수현이 대화하는 모습은 결코 평범하지 않는 모습이었다.

그리고 보면 수현은 참으로 많은 모습들을 가지고 있었다.

그저 외모만 뛰어난 아이돌이라고 폄하할 수 없는 목소리와 실력을 가지고 있는 가수라는 것은 그가 전국 투어를 하면서 대중들에게 알려졌다.

그러면서도 드라마에서 실제로 그런 슈퍼 히어로가 있다고 믿겨질 정도의 싱크로를 자랑하였다.

정말로 수현이 극 중 '마스터 현' 처럼 초능력 내지는 무술 실력을 가지고 있으며, 어쩌면 정말로 드라마처럼 고대의 마샬아츠 마스터이고, 그 능력으로 젊어졌다고 믿는 팬도 있다.

물론 그것은 수현의 부모님이 현존해 있기에 사실이 아니라는 것이 밝혀졌음에도 불구하고, 이를 정체를 숨기기 위해 꾸며낸 것이라 생각했다.

그런데 수현은 가수나 연기자로서의 능력만 있는 것이 아니었다.

작곡가로서 작곡 능력도 출중하며, 10여 개국의 언어를 구사하는 것은 물론이고, 원어민이라고 해도 믿을 수 있을 정도로 언어 구사 능력이 뛰어났다.

또 몇몇 지인들만 알고 있는 수현의 요리 실력이 지금 이 자리를 빌려 처음으로 거론이 된 것이다.

그것도 다른 곳도 아니고 미국의 국회의사당 앞 훈장 수여식이 있는 자리에서 중국 대사의 입에서 나온 이야기다.

더욱이 공동 대표이기는 하지만 유명 레스토랑 체인의 사장이기도 하다는 이야기까지 나왔다.

얼마 전, 미국에도 황찬의 이름으로 레스토랑이 문을 열었다.

오늘 참석한 대사들 중 일부는 그곳에서 요리를 먹어보기도 했다.

뒤늦게 수현이 황찬의 공동 대표란 사실을 알게 되면서 한 번, 주방장들을 가르친 사람이 수현이라는 것에 또 한 번 놀랐다.

최종적으로 황찬의 레시피들이 모두 수현이 만든 것이란 것에 마지막으로 놀라며, 수현을 새로운 눈으로 보게 되면서 여기저기서 각국 대사들의 초청하는 목소리가 들렸다.

그런 소동이 잠깐 일기도 했지만, 일단 오늘 주제는 수현의 의회 명예 황금 훈장을 받는 것이었기에 정부 요인이 행사가 시작되었음을 알리자 언제 그랬냐는 듯 장내는 엄숙해졌다.

*   *   *

— 행사를 시작하겠습니다. 장내에 계식 하객들께서는 잠시 하던 일을 멈추고 단상을 주목해 주시기 바랍니다. 식순은…….

스피커를 통해 수현의 의회 명예 황금 훈장 수여식이 거행된다는 이야기가 나오자 장내는 엄숙하게 변했다.

조금 전까지만 해도 각국에서 몰려든 기자들은 소식을 전하기 위해 무척이나 시끄럽게 떠들었는데, 언제 그랬냐는 듯 조용해졌다.

— 식순에 의해 국기에 대한 경례가 있겠습니다. 장내에 계신 분들은 모두 자리에서 일어나 주시기 바랍니다.

빠빠밤빠! 빠빠바빠빠!

미국의 국가인 '스타즈 스프링글드 배너'가 울려 퍼졌다.

스타즈 스프링글드 배너는 1814년 9월 13일 영국 함대가 메릴랜드 주 볼티모어 항에 있는 맥헨리 요새를 공격하는 것을 지켜본 미국의 변호사이자 시인인 프란시스 스코트가 만든 곡이다.

프란시스 스코트는 이날 포로로 잡혔을 친구의 석방을 위해 이곳을 찾았다가 밤새 맥헨리 요새를 공격한 영국의 함대로부터 요새를 지켜낸 미국의 군인들에게 감사하며 만든 노래였다.

다음날 아침 포격이 끝난 뒤에도 요새 위에서 펄럭이는 성조기의 모습에 감동한 스코트는 그 모습을 보며 스타즈 스프링글드 배너를 작곡했으며 이것이 마침내 미국의 국가로 체택이 된 것이다.

그 역사적 배경만큼이나 웅장하고 비장미 넘치는 스타즈 스프링글드 배너가 끝나고 식순에 의해 국회 의장이 나와 연설을 하였다.

그 연설 내용은 테러에 대한 규탄과 미국 의회가 이번 테러 미수 사건에 대해 어떤 방침을 가지고 있는지에 대한 이야기였다.

그리고 마지막으로 테러를 미연에 방지할 수 있게 도움을 준 수현에 대한 감사를 전했다.

국회 의장의 연설이 끝나고 수현에 대한 훈장 수여식이 거행이 되었다.

수현은 사회자의 호명에 자리에서 일어나 당당한 걸음으로 단상 앞으로 나갔다.

그런 수현의 모습은 카메라를 통해 미국 전역은 물론이고, 전 세계로 퍼져나갔다.

이를 지켜보는 수현의 연인인 셀레나는 물론이고, 이곳을 찾은 많은 사람들이 일제히 박수를 쳤다.

그리고 TV를 통해 멀리 한국에서 수현의 부모님도 수현이 훈장을 받을 때 감동의 눈물을 흘렸다.

Chapter 2

위너 브라더스의 겨울 별장 파티

"으아아악!"

휘익!

퍽!

불도 켜지 않고 TV를 보고 있던 한 중년 남성은 갑자기 고함을 지르며 들고 있던 TV 리모컨을 집어 던졌다.

그러고도 분이 풀리지 않는 것인지 사내는 앞에 놓인 테이블을 뒤집고 손에 걸리는 것은 닥치는 대로 던지고 때려 부쉈다.

한참을 그렇게 난동을 부리던 사내는 숨이 차는지 숨을 헐떡였다.

"허억, 허억……."

덜컹!

"회장님! 무슨 일이십니까?"

검은 양복을 입은 사내들이 문을 열고 들어와 난장판이 된 실내를 보더니 물었다.

"왜! 왜, 저 자식이 아직도 보이는 것이지?"

사내는 방에 들어온 검은 양복의 사내를 보며 물었다.

"그들도 실패를 한 것 같습니다."

주윤캉은 아무런 표정도 들어 있는 않은 표정으로 담담히 대답을 하였다.

"뭐야? 실패? 그 자식들은 그런 것도 하나 제대로 처리하지 못하면서 그렇게 돈을 처먹어!"

왕하오는 광기로 번뜩이는 눈을 치뜨며 소리쳤다.

하나뿐인 아들이 겨우 광대 하나 때문에 젊은 나이에 사형을 당했다.

어떻게든 아들을 살리기 위해 고위 간부에게 뇌물을 바치며 로비를 했지만 실패를 하였다.

뿐만 아니라 그 과정에서 당국에서 세무사찰이 들어와 조사도 받았다.

그리고 평생을 일궈온 기업도 국가에 빼앗겼다.

물론 왕하오가 기업을 뺏긴 것이 수현의 잘못은 아니었시만, 왕하오는 그렇게 생각하고 있었다.

이전에는 낭 간부들도 자신이 주는 뇌물을 잘도 받으며 사업을 하는데 협조해 주었고, 자식인 왕푸첸이 사고를 쳤을 때도 자신의 부탁을 들어주며 밀접한 관계를 유지했다.

아무 문제 없이 잘 풀린다고 생각하는 건 당연히 왕하오 본인만의 생각일 뿐이고, 그의 밑에서 피눈물을 흘리던 피해자들의 고통은 겉으로 드러나는 일 없이 조용히 묻혔다.

원래부터 죄질이 악독한 왕푸첸이고, 그의 악행이 밝혀졌다면 진즉 사형을 당해도 수십 번은 당했을 것이다.

그런데도 왕푸첸이 무사할 수 있던 것은 뒤에 재벌인 왕하오가 있고, 그에게 뇌물을 받아먹은 공산당 간부들이 있기에 가능했던 것이다.

하지만 꼬리가 길면 밟힌다고, 왕푸첸의 패악은 감히 넘지 말아야 할 선을 넘고 말았다.

한 번은 어찌어찌 무마를 했지만, 결정적으로 왕푸첸은 백주대로에서 깡패들을 동원해 살인 청부를 시도했으며, 본인도 그 현장에서 총을 쏘았다.

그것도 외국의 유명 스타에게 말이다.

그뿐만 아니라 당시 함께 있던 사람은 다른 사람도 아니고 중국 권력 서열 20위권 안에 드는 당 간부의 딸도 있기에 엄청난 사건이 되고 말았다.

다만, 중국 정부에서는 사건의 축소를 위해 그녀의 신분은 밝히지 않았다.

그저 왕푸첸이 수현에게 앙심을 품고 복수를 하기 위해 그런 일을 벌였다고만 발표를 하였다.

이 또한 왕하오 회장이 아들인 왕푸첸을 살리기 위해 사건을 축소를 위해 로비를 한 결과다.

하지만 수현은 왕하오 회장이 생각하던 것보다 만만치 않은 인물이었다.

더욱이 수현의 인맥은 왕하오 회장의 예상보다 더 윗선까지 뻗어 있었다.

자신도 성공을 위해 당 간부들과의 관계를 이용했으면서 외국인인 수현이 중국 내에서 단시간 내에 성공할 수 있는 것이 단순히 인기 있는 한류 스타일 뿐이라 생각하였다.

그것이 바로 그가 아들 왕푸첸을 막지 않고 사건을 은폐하는 쪽으로만 신경을 쓴 이유다.

결국 상황 파악을 재대로 못한 그의 잘못과 아들인 왕푸첸이 인간으로서 하지 말아야 할 패악을 저지른 결과, 결국 사형을 당한 것이다.

즉, 모든 것은 자식 교육을 제대로 시키지 못한 그의 잘못이라 하겠다.

그렇지만 왕하오 회장은 자식을 잃은 것이나 기업이 무너진 것이 전적으로 수현의 탓으로 돌리며 원망하고 분노할 뿐이었다.

그렇기에 테러 단체에 은밀히 의뢰를 하였다.

원수인 수현을 죽여 달라는 것과 이왕이면 그와 연관된 로열 가드도 함께 피해를 입었으면 하는 바람에서 로열 가드 전원이 공연을 할 때 일을 벌이란 요구를 한 것이다.

하지만 의뢰는 실패했다.

뿐만 아니라 수현은 현재 테러를 막은 영웅으로 미국 의회가 주는 훈장을 수여받고 있었다.

그리고 그러한 장면이 TV를 통해 전 세계로 방영되고 있는 장면을 본 것이다.

당장 수현이 자신의 눈앞에 있다면 총으로 쏴 죽이고 싶은 심정이었다.

덜컹!

"여보!"

갑자기 문이 열리더니 중년의 여성이 들어와 왕하오를 보며 소리쳤다.

"우리 첸의 원수를 갚아준다면서, 이게 어떻게 된 일이에요!"

진시아는 히스테릭하게 소리를 지르며 따졌다.

"당국의 주시를 받고 있는 현재, 회장님께서 움직이시지 못하기에 의뢰를 하였는데, 실패를 한 모양입니다."

왕하오의 부인 진시아의 히스테릭한 목소리를 듣고 있던 주윤캉은 이번에도 억양 없는 목소리로 왕하오 대신 대답을 하였다.

"뭐예요? 어떻게 그런 일을 별 볼일 없는 곳에 맡길 수가 있는 것이죠?"

중동의 무장 테러 단체가 단숨에 별 볼일 없는 허접한 곳으로 전락하는 순간이었다.

사실 뉴욕 테러를 준비한 무장 테러 단체의 계획은 그리 허술하지 않았다.

아니, 수현이 가진 특별한 식스센스가 아니었다면 성공했을지도 모를 정도로 완벽했다.

허술한 바클레이스 센터의 보안과 인종차별 주의자인 휴고 벅스터로 인해 폭탄이 실린 차량이 무사히 건물 내부로 진입할 수 있었다.

거기까지 테러 조직의 계획은 맞아떨어졌다.

그러나 그때, 대기실에서 준비를 하던 수현이 불길한 예감을 느껴 보안 검색을 하면서 공연이 30분이나 늦어지게 되었다.

만약 수현의 요구가 거절되었다면 아마도 바클레이스 센터에서는 크나큰 비극이 벌어졌을 것이다.

그런데 진시아는 테러 조직을 동원했음에도 아무런 사고가 나지 않은 것과 수현이 테러리스트를 잡고 심문 과정에서 또 다른 테러 모의가 있다는 것을 밝혀내 결과적으로 대규모 테러를 두 차례나 막아내며 목숨을 부지하고 있다는 것, 나아가 그로 인해 수현이 미국 의회 명예 황금 훈장을 받게 된 것 전부가 마음에 들지 않아 화를 내고 있다.

　인간이라면 감히 하지 말아야 할 악행을 저지르고도 부모의 과보호로 목숨을 부지하며 개망나니가 된 아들과 자신의 잘못의 끝에 드디어 죗값을 받은 아들이 죽었다는 것에만 초점을 맞춘… 정말이지, 그 자식에 그 부모였다.

　왕푸첸이 아니더라도 두 사람의 사이에 난, 어떤 자식이라도 결과적으로 왕푸첸과 같은 운명을 맞이하게 만들 만한 인성을 가지고 있는 부모였다.

　왕하오와 진시아는 같은 일이 몇 번이고 반복되더라도 자신들의 잘못을 절대 인정하지 않고 지금처럼 다른 사람에게 책임을 전가하고 있을 것이다.

　그런 두 사람의 진상 짓을 말없이 쳐다보는 주윤캉의 눈빛은 그 어느 때보다 더 차갑게 식어갔다.

＊　　　　＊　　　　＊

　지구 반대쪽에는 자신을 죽이기 위해 모의를 했지만 실패한 것을 알고 진상을 부리는 부부가 있는 것을 모르는 수현은 워너 브라더스 사의 회장인 브루스 워너의 초청을 받아 그의 겨울 별장이 있는 콜로라도로 향했다.

　그곳에서 일주일 정도 휴가를 보내고, 다시 뉴욕으로 가 연말에 있을 그레미에 참석할 예정이었다.

물론 동행으로는 연인인 셀레나 로페즈가 그의 옆에서 함께하고 있었다.

원래 셀레나는 브루스 워너의 초청 목록에는 없었지만, 브루스 워너는 중요한 게스트인 수현을 위해 기꺼이 초청자를 제외하고도 한 명 더 동반이 가능한 초청장을 다시 보냈다.

워너 브라더스 사 정도의 오너가 초청하는 파티는 아무나 함부로 갈 수 있는 곳이 아니다.

아무리 셀레나 로페즈라 하지만 그녀의 이름만으로 워너 브라더스 사의 겨울 별장에서 벌어지는 파티의 좁은 문을 통과하기는 쉽지 않았다.

수현은 실망할지도 모를 셀레나를 위해 서두른 덕분인지, 워너 브라더스 사의 배려인지 정확히 알 수 없지만, 어찌 되었든 수현은 셀레나와 파티에 참석할 수 있게 되었다.

사실 브루스 워너가 수현을 겨울 별장에 초청을 한 이유는 다름 아니라, 워너 브라더스 사에서 내년부터 준비하는 제임스 로렌스 감독의 작품의 주연으로 수현을 낙점했기 때문이다.

아니, 감독인 제임스 로렌스가 적극적으로 나서며 수현을 원했기에 오너인 브루스 워너도 감독의 요구를 흔쾌히 받아들이고, 이를 상의하기 위해 수현을 초청을 한 것이다.

그러니 게스트인 수현의 요구를 거부할 수 없었던 것이다.

그리고 이번 위너 브라더스 사의 겨울 별장 파티는 사실 이런 영화 관계자들을 위한 파티였다.

그런데 셀레나 로페즈는 유명한 셀럽이기는 하지만 영화배우는 아니다.

가수이자 연기자이긴 하지만 영화배우가 아닌 드라마 연기자일 뿐이다.

그것도 주연이라 보기 힘든 주, 조연급 연기자에 불과한데도 수현의 노력으로 영화 관계자들을 위한 파티에 함께하게 되었다.

때문에 수현과 함께하게 된 셀레나는 무척이나 흥분한 상태다.

한국도 그렇지만 미국도 드라마 연기자와 영화배우 간에는 뭔가 다른, 보이지 않는 벽 같은 것이 있다.

물론 양쪽을 병행하는 배우도 있기는 하지만 그 수는 많지 않았고, 대체로 드라마 연기자와 영화배우는 자신이 특출한 분야에서 최선을 다했다.

전에도 많은 드라마에 출연을 해서 인기가 올라간 스타들이 영화계에 도전을 하는 경우가 있지만, 성공을 거둔 사람은 손가락으로 꼽을 수 있을 정도였다.

높은 벽만 느끼고 다시 드라마로 돌아갔지만, 그때는 드라마 연기력도 예전만 못해 인기가 떨어지는 경우가 대부분이다.

하지만 그래도 드라마 연기자들은 스크린에 대한 동경이 있는 것인지, 많은 선배들이 실패한 것을 알면서도 본인은 그렇지 않다는 것을 보여주기 위함인지 여전히 그 무모한 도전하곤 한다.

그리고 셀레나 로페즈 또한 그런 드라마 연기자들 중 한 명이다.

그러니 영화배우들이 주를 이루는 파티가 아니라 영화 관계자들을 위한 영화사의 파티라 할지라도 동경하고 있었는데, 그런 파티들 중 메이저급 파티인 위너 브라더스 사의 파티에 참석을 하게 되니 당연 흥분할 수밖에 없었다.

그런데 상기된 표정의 셀레나와 다르게 수현은 무척이나 담담한 얼굴로 파티 내내 진중한 모습을 보였다.

영화인들의 파티는 수현 또한 셀레나처럼 처음 온 것임에도 수현이 그다지 흥분하지 않은 이유는 이미 규모 있는 파티에 참석한다는 경험이 있기 때문이었다.

그렇기에 수현은 파티 초청 자체에 일희일비하지 않을 수 있었다.

실제로 수현이 중국에서 초청을 받아 참석한 파티는 미국 상류 사회의 파티 못지않게 화려한 파티였다.

그러니 딱히 이번 파티에 의미를 두지 않고 편안하게 파티를 즐길 수 있는 것이기도 했다.

물론 높은 스텟의 영향도 있기에 화려한 파티에도 평정심을 유지할 수 있는 것이기도 했다.

"내가 이런 파티에 올 수 있다니… 너무 좋다."

셀레나는 수현의 팔에 팔짱을 끼고 주변을 돌아보며 그렇게 이야기를 하였다.

위너 브라더스의 겨울 별장 파티는 두 사람이 도착하기 전부터 시작된 것인지 이미 많은 사람들이 참석해 자리를 빛내고 있었다.

그중엔 유명 영화배우는 물론이고, 스포츠 스타들도 찾아볼 수 있었다.

그건 위너 브라더스에서 제작되는 영화에는 스포츠 스타들도 등장하기 때문이었다.

수현은 속으로 이 파티가 시작되는 12월 초부터 내년 새해맞이 파티를 하는 1월 말까지 한 달이 넘는 일정 내내 머무른다면 전 세계의 스타들을 전부 만날 수도 있겠다는 생각을 했다.

물론 파티가 진행되는 중간이라도 스케줄이 있는 스타들은 파티가 끝나기 전에 떠나기도 한다. 하지만 스케줄이 끝난 뒤 시간이 나면 다시 돌아와 파티를 즐길 수 있는, 초청된 게스트에 한해서 개방적인 파티다 보니 운만 좋다면 전세계의 스타들 모두를 만나볼 수도 있을 것이다.

그러나 이런 파티는 비단 위너 브라더스만이 하는 것이 아니라 다른 경쟁업체는 물론이고, 다른 업종의 기업들도 주최를 하고 있다.

대표적으로 스포츠 브랜드 업체인 나이스나 마즈노, 휴마 등 자사의 홍보를 위해 유명 스포츠 스타나 연예인을 초대해 위너 브라더스처럼 성대한 파티를 한다.

이런 파티는 그냥 웃고 즐기는 자리가 아닌, 또 다른 쇼 비즈니스의 자리인 것이다.

때문에 스타들이 분신술이라도 쓰지 않는 이상 수현의 생각은 현실적으로 불가능한 일이었다.

"드웨인 젠스다……."

수현이 덧없는 생각을 하며 자신을 초청한 브루스 위너를 찾고 있을 때, 그의 팔을 잡고 있는 셀레나는 한눈에 보이는 커다란 덩치의 프로 레슬러 출신의 액션 스타인 드웨인 젠스를 발견하고 작은 목소리로 중얼거렸다.

셀레나의 작은 목소리에 수현도 고개를 돌려 드웨인 젠스를 보았다.

올 한해 드라마와 공연, 테러리스트를 잡은 일로 수현이 큰 이슈를 만든 것처럼 드웨인 젠스도 출연한 영화가 대박이 나면서 큰 이슈를 일으켰다.

그가 올해 출연한 영화는 재난 영화인 '캘리포니아 드림' 과 액션 판타지 영화인 '데저트 킹' 이다.

사실 액션 판타지 영화인 '데저트 킹' 에서 드웨인 젠스가 주연인 데저트 킹 역할을 맡기는 했지만, 사실상 주연이라고 하기에는 극 중 그의 비중이 그리 크지 않았다.

그도 그럴 것이, 프로 레슬러 출신에 연기력도 전문 배우들에 비해 떨어져 어쩔 수 없이 대부분의 장면을 CG(Computer Graphic)로 표현했다.

물론 액션을 표방한 판타지 영화라 CG가 많이 필요한 작품이기에 다행히 연기력 논란이 일 정도는 아니었다.

하지만 그의 프로 레슬러로서의 인기를 생각하면 그리 좋은 흥행을 기록했다고 보기도 어려웠다.

하지만 전작과 다르게 두 번째 작품인 '캘리포니아 드림'에서는 드웨인 젠스의 액션과 연기력이 확실하게 드러나면서 영화의 흥행에 견인차 역할을 했다.

영화의 내용 제목에서도 알 수 있듯, 유명한 노래 제목처럼 캘리포니아 드림을 꿈꾸며 뉴욕에서 LA로 이주한 한 가정이 겪는 부모와 자식 간의 갈등을 시작으로, LA를 덮친 최대 규모의 강진으로 인한 도시의 멸망과 그 안에서 인명을 구하려던 구조원들의 활동, 가족 간의 끈끈한 사랑 등 표현하고 있다.

그리고 각각의 주제들을 무게감 있게 잘 어우러지면서 올해 최고의 호평을 받은 재난 영화로 등극했다.

재난 영화다 보니 비용이 많이 들어간 블록버스터 영화였지만, 캘리포니아 드림은 드웨인 젠스의 연기력에 힘입어 133개국에서 상영이 되면서 10억 3,000만 달러라는 엄청난 흥행성적을 기록했다.

비록 역대 최고 흥행 순위 10위 안에는 오르지 못하고 바로 밑인 11위에 랭크되며 아쉬움을 남겼지만, 이 흥행 성적으로 드웨인 젠스는 이제 겨우 세 편의 영화에 출현했으나 그의 몸값은 초고속으로 상승해 1,500만 달러라는 천문학적인 몸값을 받는 액션스타가 되었다.

이는 처음 프로 레슬러로서 영화배우에 도전하기로 결정하고, 첫 영화를 찍을 때 받았던 150만 달러와는 열 배가 되는 금액이었다.

그리고 프로 레슬러로서 받던 연봉 120만 달러와 비교하면 열두 배가 넘는 금액이다.

그러니 셀레나가 관심을 보이는 것도 어쩌면 당연한 일이다.

그녀가 다즈니에서 제작하는 드라마에 출연하면서 한 시즌에 받는 금액이 80만 달러라는 것을 생각해 보면, 그가 얼마나 많은 개런티를 받는지 알 수 있을 것이다.

물론 셀레나는 드라마 연기뿐만 아니라 가수로도 활동을 하고 있기에 드웨인 젠스의 1,500만 달러에는 미지지 못하지만, 한 해 벌어들이는 수익은 상당해 굳이 그와 비교할 것은 아니었다.

하지만 연예인이란 공통점을 가지고 있는 이상 개런티의 차이에는 관심을 가지지 않을 수 없었다.

‘어?’

수현과 드웨인 젠스에 관해 이야기를 하던 중 셀레나는 깜짝 놀랐다.

그녀가 놀란 이유는 바로, 방금 전 수현과 이야기를 하던 드웨인 젠스가 자신들이 있는 곳으로 걸어오고 있었기 때문이다.

아니나 다를까, 다가온 드웨인 젠스가 자신의 옆에서 이야기를 하던 수현에게 아는 척을 하였다.

"하이! 수현, 맞죠? 울프 TV의 '시티 오브 가더'에 나오는 마스터!"

드웨인 젠스는 수현의 앞으로 다가와 손을 내밀며 수현이 자신이 알고 있는 드라마의 주연 중 한 명인지 물었다.

"아, 예. 맞습니다. 정수현이라고 합니다."

"하하, 제 짐작이 맞았군요. 전 프로 레슬러이자 배우인 드웨인 젠스라고 합니다. 레슬러일 때는 '더 록'이라는 닉네임으로 활동을 했습니다."

드웨인 젠스는 자신을 배우라고 소개를 하면서도, 아직은 자신을 프로 레슬러로 인식하는 팬들이 많은 모양인지 사족을 덧붙였다.

"예, 잘 알고 있습니다. 제가 연기자가 되기 전에는 프로 레슬러 팬이었기에 드웨인 젠스 씨가 레슬링 하는 것을 많이 봤습니다."

수현은 드웨인 젠스의 팬은 아니었지만 그가 출연하는 프로레슬링 쇼를 많이 보았다.

선역과 악역을 넘나들며 활약을 하던 드웨인 젠스는 영화배우로 전향을 선언했음에도 아직까지 프로레슬링 팬들에게 회자되고 있는 스타다.

드웨인 젠스도 프로레슬링에 애착을 가지고 있는 모양인지 종종 특별 게스트로 출연하고 있기도 했다.

"당시에는 드웨인 젠슨 씨보다 라이벌인 스컬 콜드를 더 좋아하기는 했지만요."

수현은 숨김없이 자신이 스컬 콜드의 팬이었다는 것을 드웨인 젠스에게 이야기 하였다.

"하하, 그렇습니까. 좀 아쉽기는 해도 마스터 현이 절 알고 있었다니 기분이 좋네요."

수현의 이야기를 들은 드웨인은 자신이 '시티 오브 가더'의 팬이란 것을 어필하려고 수현이 맡았던 극 중 역할인 마스터 현을 언급하며 밝게 웃었다.

어느 정도 화기애애한 이야기를 주고받던 두 사람은 어느 순간 나이를 떠나 호형호제하는 사이가 되었다.

"그럼 셀레나와는 내년 이맘때 결혼을 할 생각인가?"

둘의 대화는 어느새 옆에 있는 셀레나와의 결혼 이야기까지 거론되고 있었다.

"예, 저도 내년이면 서른인데 가정을 가져야 할 것 같아서……."

수현은 이야기를 꺼내면서도 뭔가 쑥스러워 말끝을 얼버무렸다.

그리고 그건 옆에 있는 셀레나 또한 마찬가지였다.

세 사람이 화기애애하게 대화를 나누고 있을 때, 또 다른 누군가 다가와 말을 걸었다.

그런데 그 사람의 얼굴을 본 드웨인 젠스는 눈을 크게 뜨며 놀랐다.

그도 그럴 것이, 그 사람은 오늘의 파티 호스트인 워너 브라더스의 오너인 브루스 워너였기 때문이다.

아무리 드웨인 젠스가 잘나가는 스타라고 하지만, 이제 겨우 영화를 세 편 찍은 배우에 불과했다.

그에 반해 브루스 워너는 미국의 영화 산업을 좌지우지하는 영화사의 오너였다.

그런 대단한 사람이 친근하게 다가와 말을 걸고 있으니 당연히 놀랄 수밖에 없었다.

하지만 셀레나 로페즈는 드웨인 젠스와 다르게 무척이나 침착한 모습을 보이고 있었다.

그도 그럴 것이, 작년 레코드 과학 아카데미가 주최하는 파티에서 그를 보았고, 그가 수현과 친근하게 이야기를 하는 모습을 지켜봤기 때문이다.

"Mr. 브루스, 오랜만입니다. 건강은 어떠십니까?"

파티에 참석한 뒤 호스트인 브루스 위너를 찾기는 했지만, 그 과정에서 게스트와 이야기를 너무 오랫동안 한 것을 실례라 생각한 수현이 얼른 브루스 위너에게 인사를 하였다.

그런 수현의 인사에 드웨인 젠스는 속으로 다시 한 번 놀랐다.

브루스 위너야 오늘 파티를 주관하는 호스트이니 파티에 온 스타들에게 편안하게 웃으며 이야기를 할 수 있지만, 수현이 그런 브루스 위너에게 친근함을 드러내며 자연스럽게 대화를 할 것이라고는 상상도 못했기 때문이다.

비록 수현이 자신을 희생하며 선행을 베풀고, 테러리스트를 막아 그들의 계획을 저지한 영웅적 면모를 보였다고는 하지만, 그래도 그건 일반인들의 레벨에서의 대단한 일이지 브루스 위너와 같은 최상급 인사들에게 수현은 그저 특이한 이력을 가진 일반인 정도에 불과했기 때문이다.

드웨인 젠스는 스스로 신분을 따지거나 인종차별 주의자는 아니지만, 브루스 위너가 차지하는 위상이 대단했기 때문에 수현이 그의 앞에서 움츠리지 않는 모습에 놀라고 말았다.

드웨인 젠스는 속으로 한숨을 몰아쉬었다.

지금이야 본인이 스타일지 몰라도, 사실 그는 오랜 기간 차별을 받아온 사람이었다.

서사모아 인과 백인의 혼혈인 드웨인 젠스는 성공을 위해 고향을 떠나 미국으로 건너왔다.

그렇지만 아메리칸 드림은 아주 오래전의 전설 같은 이야기였다.

듣던 것과 다르게 미국에서의 생활은 드웨인 젠스에게 무척이나 힘들고, 차가웠다.

특히나 어려서부터 덩치가 좋았던 드웨인 젠스는 학력도 짧고, 할 줄 아는 것이라고는 튼튼한 몸을 쓰는 일뿐이라 사기도 많이 당했다.

그런 혹독한 시절을 보내고 프로레슬링 무대에 설 기회가 생겼는데, 고교시절 미식축구를 좀 했던 것이 도움이 되었는지 수많은 경쟁자들을 제치고 뽑히게 되었다.

계약을 하고 바로 링 위에 올라 경기를 했다.

하지만 일반 스포츠와 다르게 프로레슬링은 쇼 비즈니스였다.

경기의 내용은 스토리가 있고, 대본이 정해져 있었다.

실력이 있다고 해서 무조건 치고받고 쓰러뜨리는 것이 아니었다.

작가들이 써준 대본에 맞게 연기를 해야만 했다.

그 속에서 관객들이 실전처럼 느끼도록 만들어야 했다.

그렇게 대본에 충실하다 보면 운이 좋다면 빠르게 인기가 상승하고, 챔피언에 오를 기회도 생긴다.

그렇나 드웨인 젠스에게 그런 기회는 찾아오지 않았다.

그 이유는 단 하나, 바로 그가 혼혈이었기 때문이다.

이 웃기지도 않은 이유로 드웨인은 줄곧 인기를 얻기 어려운 악역만 도맡았다.

물론 프로레슬링에서 악역도 무척이나 중요한 역할이다.

선한 주인공이 있으면 당연히 악역도 있고, 서로가 서로를 받쳐 주는 역할 놀이가 레슬링이라는 것이었다.

하지만 드웨인이 맡은 악역은 주로 멋들어진 악역이 아닌, 언제나 지질하기가 그지없는 양아치 같은 모습의 그저 그런 배역만 맡았다.

더욱 악질인 점은 계약서에 적힌 약관을 들먹이며 이런저런 핑계를 앞세워 정해진 계약금보다 적게 지급하기까지 했다.

하지만 점차 경험도 쌓이고 동료들과 대화를 나누며 자신이 불공정 계약을 맺었다는 사실을 알게 됐다.

드웨인은 그길로 즉시 처음 계약했던 프로레슬링 단체와 계약 해지를 하였다.

그리고 들어간 곳이 세계적인 인기를 끌고 있던 RAW다.

WPWE(World Pro Wrestling Entertainment)의 브랜드 중 하나인 RAW는 전의 프로레슬링 단체와는 달랐다.

RAW는 자신들과 계약을 맺은 드웨인에게 다른 프로 레슬러와 마찬가지로 주목할 만한 역할을 배당했고, 자신이 맡은 역할에 최선을 다한 드웨인은 '더 록'이라는 닉네임을 얻고 최고 스타의 반열에 이름을 올렸다.

사실 드웨인이 승승장구 할 수 있었던 이유는 한 가지 더 있었다.

당시 프로레슬링 선수들은 몸집을 키우기 위해 약물을 복용하는 일이 흔했다.

아니, 대부분의 프로레슬링 선수들이 스테로이드를 찾았다.

하지만 근력을 늘려주고, 엄청난 파워를 선사하는 스테로이드는 운동선수들에게는 참으로 두 얼굴을 가진 약물이었다.

힘과 근육량을 늘려주는 면에서는 천사 같은 면을 보이지만, 장기간 복용을 하게 되면 뼈에 구멍이 생기는 골다공증이나, 근육에 지방질이 빠지면서 피부의 표피가 얇아져 쉽게 상처를 나게 만드는 악마 같은 면을 보여준다.

이런 스테로이드 사용을 당연시 하던 끝에 결국, 드웨인이 RAW와 계약을 하고 얼마 지나지 않아 WPWE 소속 프로 레슬러가 시합 중 사망하는 사고가 발생했다.

비록 드웨인이 속한 RAW와는 다른 곳이었지만 같은 WPWE 소속이란 것은 두말할 나위가 없었다.

그리고 사망 원인이 약물 부작용이란 사실이 밝혀지면서 팬들은 충격을 받았다.

하지만 그 사건을 시작으로 사고는 연이어 발생했고, 뒤늦게 스테로이드 계열의 약물이 운동선수들에게 부정적인 작용을 일으킨다는 것이 널리 알려지게 됐다.

그 이후 약물복용 금지 운동이 벌어졌지만, 다른 스포츠 단체와 다르게 프로레슬링에서는 좀처럼 약물복용이 줄어들지 않았다.

그도 그럴 것이, 프로레슬링은 쇼 비즈니스가 된 지 오래였다.

실제 경기를 보여주는 것이 아니라 팬들로 하여금 레슬러들이 시합을 하는 것처럼 보이게 하는 것이 골자다.

그러다 보니 커다란 근육질의 남자들이 사각의 링에서 싸우는 박진감 넘치는 모습을 연출할 수밖에 없었다.

그러니 프로 레슬러들은 건강을 위해선 약물을 복용하지 말아야 한다는 것을 알고 있으면서도 쉽사리 약물 복용을 중단할 수 없었다.

그렇게 약물 부작용의 희생자는 갈수록 늘어났다.

그런 속에서 홀로 약물이 아닌, 운동으로 다져진 몸으로 대항하는 드웨인의 존재는 팬들의 눈에는 너무나 생소했다.

그가 상대하는 레슬러들이 하나같이 근육은 터질 것처럼 부풀어 올라 있고, 힘줄은 징그러울 정도로 불거져 나온 괴물 같은 모습을 하고 있는 것만 봐도 알 수 있었다.

그런 레슬러들에 비해 운동으로 잘 키운 근육이라곤 해도 드웨인 젠스는 상대 선수에 비해 너무 빈약해 보였다.

하지만 드웨인은 그런 상황에서 괴물 같은 상대들을 날렵한 모습으로 꺾어 나가기 시작했다.

그리고 그런 그의 모습은 프로레슬링 팬들에게 새로운 즐거움을 선사했다.

WPWE도 그런 팬들의 요구에 발맞춰 혼혈임에도 드웨인 젠스를 적극 기용할 수 있었다.

마치 다윗과 골리앗을 보듯, 극명한 덩치의 차이를 극복하고 상대를 이겨내는 드웨인의 모습은 팬들에게 카타르시스를 선사했다.

그렇게 드웨인 존스는 '더 록'이란 닉네임을 얻으며 승승장구했고, 스타가 되었다.

그리고 그 인기를 기반으로 영화까지 진출하며 성공을 거두었다.

참으로 우여곡절이 많았던 그였다.

하지만 그런 그라도 그의 성공의 밑바탕이 되었던 WPWE 회장을 만날 때면 언제나 긴장을 했다.

WPWE 회장은 프로레슬링을 무척이나 사랑하는 사람이었다.

그래서 그런지 그는 짐(Gym)에서 프로 레슬러처럼 근육을 키우고, 쇼의 성공을 위해 악역도 마다하지 않고 직접 프로 레슬러들과 시합까지 하는 괴짜다.

그럼에도 비즈니스를 할 때면 언제나 카리스마 넘치는 모습으로 레슬러들을 내려다보았다.

그런 WPWE 회장에 비해 브루스 위너는 더욱 거대한 제국의 오너다.

그러니 그가 가진 위상이나, 힘 등 많은 것을 알고 있는 드웨인은 조금 전까지 자신과 허물없는 대화를 하던 수현이 브루스 위너와 보여주는 모습에 너무도 이질적인 느낌을 받았다.

"윌리엄이 자네가 온다는 소식에 함께 오고 싶어 했지만, 시간이 너무 늦은 시각이라 함께 오지 못했네."

"그렇습니까? 저도 아쉽네요. 건강하게 잘 있죠?"

자신이 구해준 소년이 자신을 보고 싶어 한다는 이야기는 오래전부터 들었다.

하지만 그 소년을 만날 시간적 여유가 없었다.

울프 TV와의 계약과 자신이 속한 로열 가드의 미국 진출을 성공시키기 위해 노력을 하다 보니 이제야 겨우 시간이 났기 때문이다.

그런데 브루스 위너의 이야기를 들으니 한번쯤 찾아가 보는 것도 좋았으리란 생각이 들었다.

자신이야 바쁜 스케줄 속에 잊고 지냈지만 소년은 그렇지 않은 모양이었다.

실제로 브루스 위너의 외손자 윌리엄은 수현을 잊을 수 없었다.

처음 곰 우리에 빠졌을 때는 공포 때문에 아무것도 몰랐지만, 나중에 자신을 구해준 사람이 수현이란 것을 알게 되고 감사 인사를 하는 것으로 더는 볼 일은 없겠다고 생각했다.

하지만 두 사람의 인연은 그렇게 끝나지 않았다.

아주 우연히 수현이 출연한 드라마 '시티 오브 가더'를 윌리엄이 보게 된 것이다.

윌리엄은 또래의 아이들이 그렇듯 슈퍼 히어로에 열광하는 팬이었다.

처음 '시티 오브 가더'를 시청할 때만 해도 윌리엄은 주인공인 조엘을 좋아했지만, 나중에 조엘의 스승으로 카메오 출연을 한 수현이 자신을 구해준 사람이란 것을 부모에게 듣고는 조엘 보다 조엘의 스승인 마스터 현을 더 좋아하게 되었다.

더욱이 마스터 현은 동양의 신비한 무술을 익혔고, 그로 인해 젊어졌다는 시즌 2의 설정을 듣고 마스터 현을 더욱 좋아하였다.

아니 마스터 현과 자신을 구해준 수현을 동일시하기까지 하였다.

윌리엄이 그렇게 생각하게 된 것은 누구나 그랬듯 바로 몇 달 전 수현이 공연 중 테러리스트를 잡은 기사를 보면서다.

전부터 좋아하던 스타가 아이돌 가수이면서 배우라고 하더니, 곰뿐만 아니라 무서운 총을 들고 있는 테러리스트까지 때려잡았다.

게다가 공연 전에는 어떻게 알았는지 폭탄이 실린 차량도 발견해 대형 인명 피해가 발생할 수 있는 테러를 막았을 뿐만 아니라 자선모금행사에 참석한 국회의원들이나 자신의 할아버지를 구해주었다.

그러니 어린 윌리엄이 보기에 수현은 코믹스에서 등장하는 슈퍼 히어로가 정체를 숨기고 위기에 빠진 사람들을 발견하면 본래의 힘을 발휘해 사건을 해결하는 장면과 현실에서 수현이 보여준 모습을 일치해 보기 시작했다.

실제로 미국인들 중 상당수가 수현이 진짜로 그런 능력이 있다고 믿는 것처럼 말이다.

물론 이성적인 성인들 중에는 너무도 황당한 소리에 수현이 실제로 한 일도 거짓이라 생각하는 사람도 더러 있기는 했다.

하지만 원래부터 영웅을 믿고 존중하는 미국인들은 수현이 그런 슈퍼 히어로까지는 아니더라도 괜찮다고 생각하고 있으며, 일부 수현의 팬들은 수현이 정체를 숨긴 슈퍼 히어로라고 단단히 믿고 있었다.

다만 미국의 인구수를 생각하면 일부라고 하는 팬들을 모으면 결코 적은 숫자는 아니란 것이 아이러니다.

이런 문제는 한국에서도 거친 논란이 오고가게 만들었다.

수현을 좋아하는 팬들은 수현이 가진 능력들을 거론하며 그가 슈퍼 히어로 일지 모른다고 팬 사이트에 글을 썼고, 안티팬들은 다 짜고 치는 사기라고 맞섰다.

하지만 수현이 논란의 종지부를 찍듯 미국 국회의원들이 주는 의회 명예 황금 훈장을 받는 영상이 실시간으로 중계되면서 그런 논란은 점점 수그러들고 있는 추세다.

"이전에도 수현이 대단한 사람이란 것을 알고 있었지만, 윌리엄에 이어 나도 자네의 도움으로 목숨을 건질 줄을 몰랐네. 어떻게 그럴 수 있었는지는 알 수 없지만, 우린 참으로 인연이 깊은 모양이야."

브루스 위너는 너스레를 떨며 수현을 한 번 껴안았다.

그러면서 수현을 만났던 그날의 일을 떠올리기 시작했다.

로열 가드가 뉴욕 바클레이스 센터에서 마지막 공연을 하는 날, 브루스는 뉴욕 시장이 주관하는 자선 행사에 참석하고 있었다.

그런데 갑자기 경찰들과 경찰 특공대가 들이닥쳐 행사는 난장판이 되었다.

뒤늦게 왜 그런 일이 벌어졌는지 알게 된 이들은 하나같이 가슴을 쓸어내렸다.

조금만 늦었더라면 무슨 일을 당했을지 몰랐기 때문이다.

그 자리에 모인 인사들은 살아오면서 납치당할 위기나 살인 협박 정도는 최소 한두 번은 경험한 사람들이지만, 그때처럼 긴박한 경험을 한 적은 거의 없었다.

그도 그럴 것이, 이들은 안전을 위해 많은 수의 경호원들과 호위 시스템을 가지고 있지만, 대량의 폭탄을 가지고 행해지는 테러에는 제대로 대응할 수 없기 때문이다.

그런데 사전에 테러에 대한 정보를 획득해 테러가 발생하기 직전에 방지를 했으니 얼마나 다행한 일인가.

자선 행사에서 머리가 쭈뼛 설 정도로 등골이 오싹한 경험을 맛본 사람들은 수현에게 고마움을 표현하기 위해서 그가 훈장을 빠르게 받을 수 있도록 최선을 다해 압력을 행사했다.

그렇게 공화, 민주 양당의 국회의원들은 물론이고, 파티에 참석한 많은 재계 인사들과 유명 인사까지 테러를 막는데 결정적 역할을 한 수현에게 해가 가기 전에 훈장을 받을 수 있게 만들고야 말았다.

그렇게 수현은 사건이 발생한 지 한 달여 만에 훈장 수여가 결정됐다는 소식을 들을 수 있었다.

만약 그렇지 않았다면 심사가 까다로운 의회 명예 황금 훈장이 아니라 상대적으로 수여가 쉬운 편인 대통령 자유훈장이 수여됐을지도 모르고, 심사도 조금 오래 걸려 테러가 발생한 올해가 아닌 내년으로 넘어갔을 것이 분명했다.

"그게 무슨 소립니까? 제 도움을 받다니요?"

수현은 브루스 워너의 말에 고개를 갸웃거리며 물어보았다.

자신이 기억하기로 브루스 워너를 보는 것은 이번이 작년에 이어 두 번째일 뿐이다.

그런데 자신의 도움을 받았다고 말을 하니 의아해 물어본 것이다.

"물론 의도한 것은 아니겠지만, 11월에 벌어진 테러 단체의 테러 미수 사건 있잖은가?"

"네."

"그날 테러리스트들의 2차 목표였던 곳에 내가 참석을 하고 있었거든."

"아!"

브루스 워너의 이야기를 모두 들은 수현과 셀레나, 그리고 옆에서 함께 이야기를 들은 드웨인 젠스 또한 낮은 감탄성을 터뜨렸다.

"하하, 이거 이야기를 들으면 들을수록 영화와 같은 이야기군요."

드웨인 젠스는 작게 웃으며 수현과 브루스 워너를 번갈아보며 그렇게 말을 하였다.

"아! 그렇지 않아도 제임스 감독이 그 사건을 영화에 써먹으려고 시나리오를 수정 중이라네."

"네?"

수현은 브루스 위너의 말에 눈을 동그랗게 뜨며 소리쳤다.

제임스 로렌스 감독이 자신을 위해 영화 시나리오를 쓰고 있다는 이야기를 듣긴 했다.

오늘 파티에 초청 받은 것도 제임스 로렌스 감독이 집필한 영화에 수현을 캐스팅하고 싶다는 의중을 내비친 덕분이었다.

이전에 만났을 때는 잠깐 언급만 했었는데, 브루스 위너의 말을 듣고 보니 시나리오가 완성 됐는데 이번 테러 사건을 등장시키기 위해 굳이 대본을 수정한고 있다는 이야기에 놀라 물은 것이다.

"아, 물론 자네의 이야기다 보니 자네의 허락이 있어야 촬영을 할 수 있는 일이지만… 어떤가? 써도 되겠나?"

이왕 말이 나온 김에 브루스 위너는 수현에게 확답을 받아낼 생각으로 보였다.

"뭐, 상관은 없지만… 완성된 대본을 수정한다면 시간이 더 지체되는 것이 아닌가요?"

수현의 의문은 바로 그것이었다.

굳이 완성된 대본을 수정할 필요가 있냐는 것이다.

스타라이트

"뭐, 원래 기획과는 조금 다른 사건이 첨가가 되는 것이지만… 큰 맥락에서는 바뀐 것이 없으니 상관없지 않겠나. 아니, 자네를 좋아하는 팬들의 입장에서 더욱 몰입이 잘될 테니 흥행에 도움이 될 것이란 생각이네."

브루스 워너도 처음엔 제임스 로렌스 감독이 완성된 시나리오를 다시 수정하겠다고 했을 때는 반대를 했다.

완성도 높은 시나리오를 굳이 부분 수정을 할 필요가 있냐는 것이다.

시나리오를 부분적으로 수정하게 된다면, 그만큼 촬영은 뒤로 미루어질 수밖에 없다.

그것은 워너 부라더스 사의 1년 스케줄에도 영향을 미칠 것이다.

그런데 제임스 로렌스 감독의 설명을 들은 브루스 워너는 곧 대본을 수정하는 것을 허락할 수밖에 없었다.

어차피 영화란 것이 실화를 바탕으로 만들더라도 어느 정도의 픽션은 가미되기 마련이다.

문제는 너무 많은 작가의 상상이 더해지면 영화는 현실감을 잃고 판타지가 되기 때문에 관객의 몰입에 방해를 줄 수도 있다.

제임스 로렌스 감독이 집필하고 있는 영화 시나리오도 현실을 바탕으로 한 명의 스타가 성공을 하는 과정을 그린 영화다.

비단 미국의 할리우드뿐만 아니라 영화를 제작하는 다른 나라들에서도 많이 써먹은 주제였다.

그러다 보니 주인공이 스타로 성장하는 과정을 그려내는 영화에서는 얼마나 리얼리티를 잘 살려내는지가 중요한 포인트였다.

그렇기에 작가의 상상으로 그려지는 것이 아니라 실제 영화의 모델이 되는 존재가 있고, 그것을 바탕으로 영화를 제작한다면 영화를 보는 팬들을 더욱 몰입시킬 수 있을 것이다.

그리고 그 모델이 되는 스타가 그동안 걸어온 행보가 더욱 극적이라면, 미국인들이 바라는 영웅적인 모습까지 그려진다면 이 얼마나 흥분되는 일이겠는가.

그래서 브루스 위너는 제임스 로렌스 감독이 대본을 수정하겠다고 하는 이야기에 찬성하고 말았다.

처음 제임스 로렌스 감독이 가져온 시나리오라면 주인공은 굳이 수현이 아니더라도 되었다.

다만 수현이 연기를 하면 그의 인지도나, 그가 그동안 걸어온 행보 등이 시너지 효과를 가져올 것은 분명했다.

또한 현재 그가 영화에서는 신인이나 마찬가지기에 다른 거물급 스타 배우들에 비해 저렴한 개런티로 캐스팅이 가능하다는 장점이 있었다.

하지만 수현을 캐스팅해서 얻을 수 있는 이점은 거기서

끝이다.

그런데 제임스 로렌스 감독이 수정하려는 내용이 첨가되면 상황은 완전히 뒤바뀐다.

요즘 시대에 뉴스를 보지 않는 사람이 몇이나 될까.

뉴스를 통해 수현에 대한 내용을 접한 사람이라면 영화에 등장하는 내용이 대번에 수현이 막았던 테러라는 것을 알게 될 것이다.

그리고 영화 속에서 그려지는 주인공의 모습이 수현과 오버랩 되면서 폭발적인 시너지 효과를 발생시킬 것이 분명했다.

만약 수정된 영화의 주인공이 수현이 아니라면 관객들은 영화의 내용에 몰입하지 못하게 될 것이고, 수현의 팬들이라면 어째서 수현을 캐스팅하지 않았냐고 들고 일어날 것이다.

그러니 이제 브루스 워너는 이번 제임스 로렌스 감독의 영화 주인공은 수현이 아니면 안 되게 된 것이다.

그렇기에 은연 중 수현을 대할 때 조금 더 친근한 모습과 인연을 들먹이며 관심을 쏟는 것이기도 했다.

"시나리오는 걱정하지 마! 제임스 로렌스잖나."

"그렇죠, 제임스 로렌스 감독님이니 어련하시겠습니까?"

브루스 워너가 자신만만하게 큰소리로 장담하자 옆에서 듣고 있던 드웨인 젠스는 눈을 반짝이며 브루스 워너의 말에 맞장구를 쳤다.

수현이야 그저 제임스 로렌스 감독이 촬영한 영화를 몇편 본 관객에 불과하지만, 드웨인 젠스는 같은 미국인으로서 수현보다 많은 것을 알고 있었다.

그러니 지금 브루스 위너가 무슨 말을 하는 것인지 잘 알고 있는 것이다.

"그럼 수현씨가 제임스 로렌스 감독님의 차기작 주인공이란 말인가요?"

브루스 위너의 이야기를 옆에서 듣고 있던 셀레나는 그의 말에 심장이 너무 떨려 조심스럽게 물었다.

처음 영화계에 진출을 하면서 다른 사람도 아니고 할리우드에서도 명감독으로 손에 꼽는 제임스 로렌스 감독의 작품에 캐스팅이 됐다.

그것도 주연으로 출연을 하게 된다는 말에 셀레나는 눈을 크게 뜨며 수현을 바라봤다.

Chapter 3

제임스 로렌스 감독과의 만남

두 번째 만남이지만 브루스 위너와의 만남은 무척이나 즐거웠다.

정점에 있는 사람이지만 권위적이지도 않고, 특유의 타인을 낮춰보는 법도 없었다.

정말로 자신을 친구처럼 대하는 브루스 위너의 대우에 수현은 그가 점점 마음에 들었다.

나이 차이를 생각하면 말도 되지 않는 일이었지만, 대화를 하면 할수록 브루스 위너와 수현은 무척이나 통하는 것이 많았다.

인생 게임, 스타 라이프로 인해 많은 분야에서 다양한 재능을 꽃피운 수현은 자신보다 두 배나 더 되는 인생을 살면서 다양한 경험을 하고, 위너 브라더스라는 거대 회사를 경영하면서 쌓은 브루스 위너의 교양과 상식 등을 대화를 통해 지금까지 단순히 지식으로만 알고 있는 것들을 본인의 것으로 체화하고 있었다.

그렇기에 수현이 브루스 위너와 대화하는 것에 빠지는 것은 당연한 흐름이었다.

그리고 브루스 위너 또한 자신이 사랑하는 외손자를 위기에서 구해준 수현에 대해 알아가면서 수현이 무척이나 바른 사람이며, 인위적으로 자신을 이미지 관리를 하지 않으며, 원래의 성격대로 어려운 사람을 돕는 것에 인색하지 않다는 것을 알게 되면서 더욱 호감을 가지게 됐다.

그래서 작년 연말 레코드 예술 과학 아카데미에서 초청이 왔을 때, 굳이 시간을 내 참석을 한 것이다.

그레미에 후원을 하기는 하지만 시상식에 잘 참석을 하지 않는 브루스 위너가 마음을 바꾼 것은 전적으로 특별 게스트로 초청한 수현을 보기 위해서였다.

손님을 초대하고 얼굴을 비치지 않는다는 것은 실례이기 때문이다.

하지만 그 당시 비록 수현이 작곡한 곡이 히트를 치면서 성공을 했다고 하지만 그것만으로 그레미에서 수현을 초대한다는 것은 사실 말이 되지 않는 것이었다.

어디까지나 전적으로 그레미를 후원하는 브루스 워너의 입김이 있기에 가능했던 일이다.

이는 수현도 나중에야 안 사실이지만, 사실 처음에 자신이 그레미에 특별 게스트로 초대가 되었다고 했을 때는 자신이 작곡한 곡이 유명해져 그런 줄 알았다.

하지만 시간이 지나고 나중에 생각을 해보니 그게 조금 애매했던 것이다.

자신이 속한 로열 가드가 아시아에서야 최고의 아이돌 그룹이라고 하지만 미국에서는 몇몇 K—POP 마니아들에게나 인기 있는 그룹이지 주류는 아니다.

또 그런 일로 초청을 하는 것이라면 로열 가드 멤버 전원을 불러야지 리더인 본인만 초대한다는 것도 말이 되지 않는 일이다.

그러면 작곡한 곡이 히트를 쳤기 때문이냐 하면 그 또한 말도 되지 않는다.

만일 그런 일이었다면 이전에도 빌보드 상위에 랭크된 히트 곡들을 다수 작곡한 한국의 가수 겸 프로듀서인 박준영은 진즉에 그레미에 게스트로 초대되어 이슈가 되었을 것이다.

하지만 그런 일은 없었다.

그나마 한국의 가수로서 그레미의 무대를 밟아 본 사람은 카이가 유일했다.

B급을 표방하고 재미나면서도 사회 비판적인 요소가 가미된 노래를 많이 부르는 카이는 '명동 스타일'이란 노래와 재미있는 뮤직비디오로 센세이션을 일으켰다.

코미디언 같은 외모에 정장을 입고 까불거리는 댄스는 외국인들도 좋아하기에 충분했고, 그의 노래에 맞춰 안무를 추는 동영상이 너튜브를 통해 유행을 타면서 최단 시간에 동영상 조회 수 10억을 달성하는 성과를 만들면서 그레미의 무대에 오른 것이다.

그러니 수현은 자신이 그레미에 특별 게스트로 초청될 만한 근거를 찾지 못했었다.

그럼에도 초청이 된 것은 꿈이 아니라 조금 의아했지만, 그레미 시상식이 끝나고 축하 파티에서 브루스 위너를 만난 뒤에야 자신이 어떻게 그레미에 초대가 되었는지 깨달을 수 있었다.

자신의 힘만으로 이뤄낸 성과는 아니었지만 그래도 최고의 권위를 자랑하는 음악 시상식에 초청이 되고, 많은 아티스트들과 인연을 맺은 일은 수현에게 좋은 영향을 미쳤다.

그러니 자신에게 기회를 준 브루스 위너에게 수현 또한 호감을 느끼고 있는 상태에서 상대 역시 자신에게 호의를 가지고 있다는 것을 느끼니 대화가 기분 좋게 느껴지는 것은 어쩌면 당연한 수순이다.

"이런, 수현과 이야기하는 것에 너무 빠져 시간이 이렇게 되었군!"

이야기를 하던 중 브루스 위너가 갑자기 놀란 듯 낮게 소리쳤다.

"무슨 일 있습니까?"

수현은 그런 브루스 위너를 보며 조심스럽게 물었다.

"하하, 아니 걱정할 일이 아니라 자네를 애타게 기다리는 사람이 있어서 말이야."

브루스 위너는 조심스러운 수현의 물음에 너털웃음을 지으며 이야기하였다.

"기다리는 사람이요?"

"어머, 설마 기다린다는 분이 제임스 로렌스 감독님은 아니겠죠?"

수현의 질문에 이어 무언가 생각이 난 것인지 셀레나 로페즈가 새된 목소리로 물었다.

그런 그녀의 행동을 옆에서 보고 있던 드웨인 젠스는 아무 말도 못하고 놀란 눈으로 조심스럽게 브루스 위너를 보았다.

"왜 아니겠나. 이번 작품의 주인공은 무조건 수현에게 맡길 것이라며, 수현이 배역을 맡지 않는다면 촬영을 하지 않을 것이라고 선언을 했는데."

브루스 위너는 뭐가 그리 좋은지… 마치 장한 일을 한 자식에게 건네듯 따뜻한 시선으로 수현을 바라보며 이야기했다.

그런 브루스 위너의 대답을 들은 드웨인 젠스는 조금 전보다 더 놀라 자신도 모르게 옆에 있는 수현을 돌아보았다.

그런데 그런 놀라운 이야기를 들었으면서도 수현은 아무런 표정 변화도 없이 담담한 얼굴이었다.

'아니 제임스 로렌스 감독이 그가 아니면 영화를 찍지 않겠다고 선언했는데 놀랍지 않다는 말인가. 마스터 현은 내가 생각하는 것 보다 더 거물인 것 같은데… 친하게 지내야겠군.'

드웨인 젠스는 그렇게 속으로 수현과 친하게 지내야겠다는 다짐을 했다.

그리고 어느새 수현은 그에게 마스터 현이라 불리게 되었다.

"여기서 이럴 것이 아니라 제임스에게 가서 마저 이야기를 하자고."

브루스 위너는 수현을 보며 그렇게 이야기를 하였다.

수현이 왔다는 이야기를 듣고 마중을 나온 것인데, 수현과 이야기를 하다 보니 시간이 좀 흐른 것이다.

브루스 위너 감독은 휴게실에서 쉬고 있는 제임스 로렌스 감독이 수현을 데려오길 목 빼고 기다릴 것을 생각하며, 조금 미안한 생각이 들어 수현을 재촉하였다.

"예, 가시지요. 그런데 젠스 씨는 어떻게……."

제임스 로렌스 감독을 만나러 가려던 수현이 지금까지 함께 이야기를 나누던 드웨인 젠스가 마음에 걸려 이야기 하였다.

"하하, 난 되었습니다. 아무래도 제임스 로렌스 감독님이 마스터 현을 기다리고 있는 것 같으니, 전 여기서 친구들과 좀 더 이야기를 나누도록 하겠습니다."

드웨인 젠스는 고생을 하며 이 자리까지 올라온 만큼 눈치란 것을 깨달았다.

언제 자신을 나타내고, 언제 빠져나가야 하는지 분위기를 읽을 줄 알게 된 것이다.

그리고 지금은 자신이 빠져야 하는 때였다.

기회라고 생각하고 아무 때나 나대다가는 이 세계에서 정상에 오를 수 없다.

비록 브루스 위너와 제임스 로렌스 감독을 볼 수 있는 기회를 놓치는 것이지만, 브루스 위너와 잠깐 이야기를 나눴다는 것만으로도 오늘 파티에 온 목적은 100%, 아니, 200%, 300% 이룬 것이나 마찬가지다.

그래서 여운을 남기고 빠진 것이다.

"예, 그럼 다음에 또 뵙도록 하겠습니다."

드웨인 젠스의 이야기를 들은 수현은 그렇게 다음에 보자는 흔한 인사말을 남기고 브루스 위너의 뒤를 따라갔다.

그런 브루스 위너와 정수현, 그리고 셀레나 로페즈 일행이 걸어가는 모습을 지켜본 드웨인 젠스는 한동안 그들이 보이지 않을 때까지 가만히 서 있었다.

탁!

"드웨인! 어떻게 된 거야? 네가 어떻게 브루스 워너 회장과 이야기를 할 수 있는 거야? 원래부터 알고 있던 사이야?"

드웨인 젠스가 수현과 브루스 워너 일행이 사라지는 것을 지켜보고 있을 때, 언제 다가왔는지 어깨에 팔을 걸치며 속사포처럼 질문을 하는 이가 있었다.

"어? 언제 왔어?"

자신의 어깨에 팔을 걸치며 질문을 하는 사람을 돌아본 드웨인은 그가 자신의 친구인 스티브 어스틴이란 것을 보곤 질문에 대답은 하지 않고 언제 왔냐는 질문을 하였다.

"응? 조금 됐는데, 네가 브루스 회장하고 이야기를 하고 있어서 가질 못했지. 그런데 어떻게 된 거야?"

스티브는 드웨인의 질문에 답을 하곤 다시 본인이 궁금해하는 것을 물었다.

"응, 그건 저쪽으로 가서 이야기를 하자."

어느새 자신의 주변으로 이야기를 듣기 위해 사람들이 몰려든 것을 보고, 그는 친구인 스티브 어스틴을 데리고 자리를 옮겼다.

굳이 자신이 아닌 수현 때문에 브루스 회장이 대화에 끼어들었다는 것을 다른 사람에게 알리고 싶지 않기 때문이

스타라이트

었다.

이런 정보도 그가 사는 세계에서는 힘이 되는 정보였다.

막말로 수현이 브루스 위너 회장과 친하고, 제임스 로렌스 감독이 준비하는 영화에 주연으로 캐스팅이 확정되었다는 것 등 이런 이야기가 퍼진다면 분명 어떻게든 수현과 친해지기 위해 그에게 몰려들 것이다

그렇게 된다면 자신에게 좋을 것은 하나도 없었다.

그러니 이런 이야기는 될 수 있으면 알리지 않는 것이 자신에게 유리했다.

자신이야 수현과 이야기를 하면서 좋은 이미지를 심어주지 않았는가.

그러니 굳이 그런 이야기를 많은 사람이 듣는 곳에서 할 필요는 없는 것이다.

하지만 친구인 스티브 어스틴에게는 질문을 받기도 했고, 자랑도 하고 싶어 그를 데리고 장소를 옮긴 것이었다.

*   *   *

제임스 로렌스 감독은 매년 위너 브라더스 사에서 주최하는 겨울 별장 파티에 온다.

그가 이곳 별장 파티에 오는 것은 자신이 촬영할 영화에 출연하는 배우들과 관계를 돈독히 하려는 이유 때문이다.

좋은 영화를 찍기 위해선 감독과 스텝, 배우들이 혼연일체가 되어야 한다고 믿기 때문에 캐스팅 된 배우들이 어떤 성격을 가지고 있으며, 어떠한 때에 자연스럽게 연기를 하는지 이야기를 나누기 위해서라도 이곳 파티에 참석하는 것이다.

그리고 오늘, 자신이 내년에 촬영할 영화에 주인공으로 캐스팅하고 싶어 하는 사람이 온다는 정보를 들었다.

그와는 참으로 특이한 인연을 가지고 있었다.

비록 직접 만나본 것은 아니지만, 그에게 도움을 받아 본인은 물론이고, 사랑하는 부인과 딸을 위기에서 목숨을 건질 수 있었다.

사실 처음 그를 알게 된 것은 딸 때문이었다.

그러다 딸과 아내가 그를 좋아 한다는 것을 알고는 질투를 느끼기도 했다.

아시아인 치고는 키도 크고, 모델처럼 비율도 좋을 뿐만 아니라 목소리도 좋았다.

그리고 그 무엇보다 젊었다.

원래 동양인들이 나이에 비해 어려 보인다고는 하지만, 그를 처음 보았을 때 느낀 점은 어리단 느낌보다는 그리스 조각상을 보는 듯한 생각이 들었다.

고대 장인들이 신에게 바치기 위해 정성을 다한 신상을 보듯 주변에 후광이 비치는 듯한 착각마저 들 정도로 완벽한 모습이었다.

그런데 그는 그것만이 아니었다.

너무도 완벽한 젊은 아시아인에게 질투를 느끼고 있을 때, 그런 자신을 신이 벌을 하려는 것인지, 아니면 신도 질투가 나 그의 목숨을 빼앗으려고 한 것인지 모르겠지만 당시 사상 최대의 해일이 일어났다.

수십만의 생명을 앗아갈 재난이 자신이 있던 해변에 들이닥친 것이다.

그때, 쓰나미를 가장 먼저 발견한 그는 해변에 있는 사람들에게 경고를 하였다.

그뿐만이 아니라 쓰나미에 휩쓸린 어린 여성을 구하기 위해 목숨의 위협을 무릅쓰고 바닷물로 뛰어들어 생명을 구했다.

그 일을 목격하고 제임스는 그에 대해 질투 대신 경외하기 시작했다.

나중에 알게 된 사실이지만 그는 본인의 조국을 위해 2년이나 군대까지 다녀온 훌륭한 청년이었다.

아이돌 가수이면서, 연기자이기도 하고, 모델이기도 한 그에 대해 조금씩 알게 되면서 제임스 로렌스는 한사람이 이렇게나 많은 재주를 가지고 있을 수도 있다는 생각과 함께 처음 그에게 질투를 느꼈던 자신을 바보 같다고 생각했다.

그리고 자신을 질투에 빠지게 만들었던 동양인 대신 자신의 일에 몰두하기 시작했다.

그러다 제임스는 벼락을 맞은 것 같은 충격에 빠지고 말았다.

그 아시아인이 지금까지 걸어온 행보가 자신이 구상하던 영화의 스토리와 아주 흡사했기 때문이다.

제임스는 그에게 빠져 있는 딸에게 더 자세한 이야기들을 물었다.

그의 팬인 딸 레베카는 조금 귀찮기는 했지만, 자신이 좋아하는 연예인에 관심이 생긴 것 같은 아버지의 모습에 쉴 새 없이 조잘거리며 많은 정보를 그에게 들려주었다.

그러면서 작년에는 대학에서 만난 친구들과 해변에 놀러 갔다가 그를 만나 함께 몇 시간 동안 놀았다고 자랑을 했다.

그러고 그 당시 그에게 뭔가 고민이 있는 것 같은 모습이었다는 이야기를 들었을 때는 제임스도 답답한 마음이 들기까지 했다.

무엇 때문에 그런 느낌을 받았는지는 모르겠지만, 아무튼 그런 이야기들이 제임스에게는 영화 시나리오를 쓰는데 많은 도움이 되었다.

시간이 흘러 시나리오는 점점 완성됐고, 그럴수록 시나리오는 처음 자신이 상상으로 그린 내용이라기보단 그의 전기

적 기록영화와 같은 내용으로 변해갔다.

하지만 그렇다고 내용이 딱딱하거나 지루하지는 않았다.

오히려 더욱 현실성 있는 내용이라 몰입감이 상당했다.

자신이 상상했던 스토리와 그가 지금까지 걸어온 행보가 많은 부분 일치하기 때문에 제임스는 사립 탐정을 고용해 그에 대한 조사까지 의뢰하였다.

너무 깊숙한 것은 지양하고, 공개된 정보들을 수집해 그것들의 사실 여부만 확인을 부탁한 것이다.

그리고 받아 본 보고서에는 그에 대한 정보가 빼곡히 들어 있었다.

덕분에 제임스는 그의 가족관계라던가, 연인이나 사생활, 그리고 연예인으로서 그의 인기와 위상, 인간관계라던가, 인성 등 많은 것들을 알 수 있었다.

탐정이 보낸 보고서에서 수현은 정말로 완벽한 존재였다.

마냥 퍼주는 호구도 아니고, 그렇다고 자신만 아는 인색한 자린고비도 아니다.

그러면서도 불의와 맞서야 할 때는 투사와 같이 싸웠다.

그것이 자신이 감당할 수 없는 거대한 권력집단이라 해도 주저하는 법이 없었다.

그가 보여준 과감한 행동들은 그가 한국인이기 때문일까.

그리고 보면 한국은 참으로 특이한 나라다.

겨우 인구 5천만에 크기는 약 10만㎢에 불과하다.

하지만 전쟁으로 폐허가 된 지 60여 년이 지났을 뿐인데, 현재는 세계 12위의 경제 대국이다.

그리고 무엇보다도 영화인들에게 한국은 대단히 중요한 나라다.

10억이 넘는 중국의 영화 시장보다 한국에서 벌어들이는 수익이 더 많을 정도로 한국은 할리우드의 영화 관계자들이나 배우들에게는 대단히 중요한 나라이며, 당현히 제임스 로렌스 감독도 관심을 가지고 있는 나라이다.

그런데 이런 긍정적인 측면이 있으면 부정적인 부분도 있기 마련인지라, 한국은 정경 유착이 참으로 심한 나라라는 것이다.

국민을 위해 일한다는 국회의원들이 실제로는 본인들의 이익을 위해 이권에 많은 관여를 한다.

그리고 본인의 실수를 덮기 위해 음모를 스스럼없이 꾸미고, 본인을 대신할 희생양을 아무렇지 않게 나락으로 빠뜨린다.

수현 또한 그렇게 여느 희생양들처럼 나락으로 떨어질 뻔하였다.

하지만 본인의 힘으로 불의에 맞서 싸워 승리를 쟁취하였다.

그러나 그것은 상처뿐인 영광으로 자신의 조국에 헌신한 그는 자신의 나라에서 활동하지 못하게 되었다.

자의 반, 타의 반으로 그는 조국이 아닌 외국에서 활동을 이어갈 수밖에 없었다.

그렇지만 그의 인기는 식지 않았고, 그의 재능은 그런 장애로 막을 수 있는 것이 아니었다.

성인은 자신이 태어난 곳에서 저평가를 받는다고 했던가.

비록 그가 성인은 아니지만 자신의 조국보다 외국에서 더욱 큰 인기와 성공을 하는 것을 옆에서 지켜보는 입장으로서, 관찰자로서 그의 행보에 몰입하고, 흥분하게 된다.

그리고 그건 고스란히 그의 시나리오에 영향을 주었다.

게다가 얼마 전에는 엄청난 사고를 막아내기까지 했다.

그 일로 그를 알고 있는 팬들은 정말로 그가 극중에 나왔던 슈퍼 히어로일지도 모른다는 생각을 하게 만들었다.

오랫동안 지켜 본 제임스도 그가 슈퍼 히어로는 아닌지 의심할 정도로, 그는 알면 알수록 놀라운 능력을 보여주고 있었다.

하지만… 덕분에 또다시 완성된 시나리오를 수정을 하고 있었다.

아마도 1월 말이면 수정 작업이 완료가 될 것이다.

*   *   *

"이 친구, 혼자 무슨 생각을 그리 하고 있기에 사람이 들어오는 데도 그렇게 골똘히 생각에 잠겨 있는 것인가!"

브루스 위너는 그렇게 정수현이 오기만을 기다리던 제임스 로렌스 감독이 정작 자신이 그를 데려왔는데도 무슨 생각을 그리 하는지, 자신이 온지도 모르고 고개를 모로 숙이며 손가락으로 의자의 팔걸이만 두드리고 있었다.

그런 것을 보면 졸고 있는 것은 아닌 듯 보이지만, 그래도 썩 좋은 모습은 아니었다.

그래서 브루스 위너는 자신이 온 것을 조금 큰 목소리로 알린 것이다.

"이런, 내가 좀 생각할 것이 있어, 그것을 떠올리다 보니 온지도 몰랐군."

친구인 브루스 위너의 타박에 제임스 로렌스 감독이 얼른 자리에서 일어나 그를 맞았다.

"Mr. 정! 어서 와요."

제임스는 친구인 브루스 위너에게 가벼운 포옹을 하며 어깨를 두드리고, 친구의 뒤에 서서 자신을 바라보고 있는 수현과 셀레나 로페즈를 보며 그들을 맞았다.

"처음 뵙겠습니다. 정수현이라고 합니다."

"안녕하세요. 제임스 로렌스 감독님, 셀레나 로페즈라고 해요."

수현과 셀레나는 얼른 제임스 로렌스 감독에게 인사를 하였다.

"하하, 그렇게 긴장할 것 없어요. 안 잡아먹습니다. 이쪽 자리로 앉아요."

제임스 로렌스 감독은 자신을 보며 긴장하는 셀레나를 보며 방긋 웃어 보이고는 자리를 권했다.

그런 제임스 로렌스 감독의 모습에 셀레나는 순간 당황했다.

그녀가 듣기론 제임스 로렌스 감독은 친한 사람이 아니라면 좀처럼 말을 편하게 하지 않고 엄격하다는 말을 많이 들었다.

더욱이 톱스타들도 그의 앞에만 서면 그의 카리스마에 위축되어 기를 펴지 못한다고 했었다.

그런데 웬걸, 지금 자신의 앞에 있는 사람은 얼굴만 같았지 듣던 것과는 전혀 다른 포근한 인상을 가진 백금발의 신사였다.

"아, 네."

상상하던 이미지와 너무도 다른 제임스 로렌스 감독으로 인해 셀레나는 당황해 말을 더듬으며 대답을 하고 그가 권하는 자리에 앉았다.

그런데 수현은 처음 보는 제임스 로렌스 감독이 자신을 향해 너무도 친근한 미소를 보였기 때문인지, 아니면 그가 작년에 자신의 심정이 복잡할 때 반나절이나 같이 보내며 자신의 인생에 대해 깨닫는데 도움을 주었던 레베카의 아버지라 그런지, 아무든 가슴 한편이 따뜻해지는 느낌을 받으며 뭔가 좋은 예감을 받았다.

아니나 다를까, 제임스 로렌스 감독은 수현이 자리에 앉자마자 고맙다는 말로 이야기를 시작하였다.

벌써 4년 전의 일이었지만, 제임스 로렌스 감독으로서는 지금도 종종 그날을 떠올리면 온 몸이 굳어지며 공포가 밀려왔다.

하지만 그 공포와 함께 알 수 없는 카타르시스와 같은 짜릿한 감동이 밀려왔다.

한참 새로운 영화 시나리오를 집필하던 중 소홀했던 가족도 챙겨야 하고, 자꾸만 막히는 스토리로 인해 스트레스를 받아 건강도 좋지 못하던 때, 친구이자 영화사 대표인 브루스 위너의 권유 아닌 권유로 가족 여행을 갔다.

유럽을 돌고 동남아로 방향을 잡아 휴양을 즐겼다.

쇼핑도 하고, 이국의 정취와 맛난 음식으로 활력을 찾을 수 있었다.

그런데 호사다마라고 했던가.

하필 그때, 그가 있던 필리핀에 대규모 쓰나미가 발생하였다.

원인은 인근 인도네시아 지역에 있는 불의 고리에서 지각 활동이 일어나면서 지진해일이 발생한 것이다.

그 일로 지진해일의 영향권에 들었던 동남아시아 나라들

은 엄청난 재산 피해와 인명 피해를 입었다.

집계된 사상자만 20만 명이 넘었으며, 실종된 사람도 수천 명에 이를 정도로 끔찍한 재난이었다.

그때, 그 현장의 한가운데 본인은 물론이고, 사랑하는 아내와 눈에 넣어도 아깝지 않을 귀여운 딸도 함께 있었다.

만약 그날 앞에 앉아 있는 수현의 경고를 듣지 못했더라면, 자신과 가족들은 끔찍한 일을 당했을 것이다.

하지만 신의 가호였는지, 아니면 수명이 그날로 끝은 아니었는지, 어떻게든 자신을 산책하게 만들기 위해 예약한 리조트 방갈로 밖으로 끌고 나온 아내와 딸의 권유 덕분인지, 어찌 되었든 단 하나의 조건이라도 충족되지 못했다면 자신은 이 자리에 있지 못했을 것이란 사실은 분명했다.

그 일이 있은 뒤 제임스는 수현에 대해 처음에 가졌던, 자신의 시나리오 작업을 방해하는 소란스러운 음악을 한다고 타박하던 생각 대신, 가족과 자신을 생명을 구해준 은인으로 기억하게 됐다.

그래서 어떻게든 보답을 하고 싶었다.

다행히 그날 호텔에 그와 그의 일행이 있다는 것을 알고 찾아가 감사 인사도 하고, 자신의 명함도 주었다.

자신이 도울 일이 있다면 기꺼이 도와주겠다는 말도 남겼었다.

하지만 끝내 연락은 오지 않았다.

뒤늦게 그가 자신의 도움이 필요 없을 정도로 유명한 아티스트이면서, 연기자란 것을 알게 되기는 했지만…….

그래도 연예인이라면 자신의 꿈을 이루기 위해 미국이란 시장을 찾을 것이기에… 언젠가는 연락이 올 것이라 확신했다.

하지만 그가 제임스를 찾는 것보다 앞서, 얼마 지나지 않아 수현이 미국에 진출한다는 이야기를 들었다.

그리고 그 이야기를 들은 지 며칠 지나지 않아 뉴스를 통해 수현이 동물원에서 위기에 빠진 소년을 구했다는 이야기도 듣게 되었다.

그런데 어떻게든 만나게 될 인연인지… 그때, 곰 우리에 떨어진 소년이 자신의 친우인 브루스 워너의 외손자였다.

참으로 공교로운 인연이 아닐 수 없었다.

제임스 로렌스는 뒤늦게 3년 전 이야기를 브루스 워너에게 알리며, 그의 외손자 윌리엄을 구한 은인과 동일 인물이란 것도 덧붙였다.

그러면서 수현이 한국에서 연기자로도 인기가 높았으니 촬영하는 영화의 배역을 줘보는 것이 어떻겠냐는 제안을 했다.

딸 레베카를 통해 수현이 조만간 미국에 진출을 할 계획이란 이야기를 들었기에 그런 이야기를 한 것이다.

어떻게든 은혜를 조금이나마 갚기 위해 친구에게 부탁한

것이다.

그리고 그 부탁은 막무가내로 억지를 부리는 것도 아니었
다.

수현은 자신이 조사해 본 바에 따르면 자신의 영화에 출
연한다고 해서 무리한 캐스팅이라 욕먹을 정도로 연기가 형
편없지 않았다.

아니, 수현이 출연한 드라마를 제임스 본인도 찾아보고,
수현이 얼마나 연기를 잘하는지 알고 나서 권유를 한 것이
다.

이에 브루스 위너 또한 관심을 보였다.

사랑하는 외손자를 구해준 은인이라서 뿐만 아니라, 영화
감독으로서 세계에서도 손에 꼽을 정도로 실력 있는 배우를
판별하는 안목이 뛰어난 감독 중 하나인 제임스 로렌스가
추천할 정도라면 충분히 믿고 배역을 줄 수 있었다.

그래서 브루스 위너도 후원은 하지만 잘 찾지 않는 그레
미 시상식 뒤풀이 파티에 나갔던 것이다.

하지만 브루스 위너나 제임스 로렌스 감독의 의도는 보기
좋게 빗나갔다.

그들보다 먼저 수현의 가치를 알아보고 선수를 친 곳이
있었기 때문이다.

그래서 둘은 어쩔 수 없이 수현을 만날 기회를 기다리다
이렇게 초대를 하였다.

"이건 전적으로 수현에게 받은 은혜 때문이 아니라, 내가 몇 년을 고심 끝에 완성한 시나리오의 주인공에 어울리는 사람이 수현뿐이라 이렇게 제안을 하는 것이네."

제임스 로렌스 감독은 언제 꺼냈는지 테이블 위에 자신이 쓴 대본을 꺼내 놓고, 그것을 수현의 앞으로 밀며 이야기를 하였다.

수현은 굵은 글씨로 'Stairway to Heaven(천국으로 가는 계단)'이란 문구가 새겨진 두툼한 종이뭉치를 집어 들었다.

"일단 Stairway to Heaven은 가제이네!"

제임스 로렌스 감독은 자신이 집필한 시나리오를 마치 선생님께 숙제를 검사받는 것처럼 떨리는 심정으로 수현이 시나리오를 읽는 것을 지켜보았다.

그리고 그건 수현을 데려온 브루스 위너 또한 마찬가지였다.

만약 수현이 배역이 마음에 들지 않아 거절을 하면, 친우인 제임스 로렌스 감독이 수년에 걸쳐 완성한 시나리오가 영화로 제작도 되지 못하고 책상 서랍 구석에 들어갈 것을 생각하니 긴장이 됐기 때문이다.

한편 수현의 옆자리에 앉아 있는 셀레나는 지금 돌아가는 상황이 좀처럼 이해가 가지 않았다.

한 사람은 미국의 영화산업의 한 축을 담당하는 워너 부라더스 사의 오너였고, 또 한 사람은 세계가 인정하는 거장 중에서도 으뜸인 제임스 로렌스 감독이다.

그런 제임스 로렌스 감독이 수년에 걸쳐 완성한 시나리오를 자신의 애인이 보고 있었다.

그것도 단순히 보는 정도가 아니라 주연 배우로서 배역이 마음에 드는지 확인하기 위해 검토를 하고 있는 것이다.

솔직히 자신의 애인이지만 두 거물이 긴장을 하면서 그를 대하는 것을 보자 질투가 났다.

비록 동성도 아니고, 사랑해 마지않는 애인이지만 너무도 뛰어난 애인을 둔 것 때문에 불안감과 함께 질투를 느낀 것이다.

더욱이 셀레나는 수현에게 약점이 잡힌 상태이지 않은가.

물론 수현이 이해를 하고 넘어가 주었지만 셀레나 본인이 그것에 자격지심이 조금은 남아 있었다.

그 당시 셀레나는 장기간 작업이 제대로 진행되지 않는 것에 대한 스트레스와 멀리 떨어진 연인을 보지 못한다는 데서 오는 상실감 등이 복합된 상태에서 일탈을 했지만, 다시 돌아와 용서를 구했다.

너그러운 수현은 자신의 일탈을 이해하고 자상하게 위로까지 해주었다.

그때는 그것이 한없이 고마웠는데, 점점 시간이 지날수록 너무도 완벽해지는 수현의 모습에 자신이 감당할 수 없을지도 모른다는 의심이 살짝 고개를 들기 시작한 것이다.

하지만 한편으로는 이런 완벽한 남자를 또 어딜 가도 만날 수 없다는 생각을 했다.

더욱이 이 사람은 자신을 아끼고 사랑해주는 남자인데 말이다.

이렇게 수현이 커갈수록 셀레나는 점점 불안감이 목을 조여 오는 것 같았다.

'응?'

제임스 로렌스 감독이 준 시나리오를 읽던 수현은 문득, 뭔가 이상한 기분이 들어 살짝 고개를 돌렸다.

그런 그의 눈에 뭔가 고민을 잔뜩 안고 있는 셀레나의 모습이 눈에 들어왔다.

쪽!

수현은 셀레나가 무엇 때문에 그런 표정을 하고 있는 것인지 정확하게 알 수는 없지만, 자신이 어떻게 해야 할지는 알고 있었다.

그래서 고개를 돌려 느닷없이 그녀의 입술에 키스를 했다.

"어머!"

느닷없는 수현의 키스에 셀레나는 질투와 우울함이 섞인 복합적인 감정에 빠져들던 것도 잊고 작게 비명을 질렀다.

설마 브루스 위너와 제임스 로렌스 감독이 있는 자리에서 자신에게 키스를 하리라곤 상상도 못했기 때문이다.

그리고 그건 두 사람의 앞에 앉은 브루스 위너와 제임스 로렌스 또한 마찬가지였다.

"허허!"

"젊음이 좋긴 하군! 우리 땐 상상도 못했었는데 말이야."

브루스 위너와 제임스 로렌스는 수현이 셀레나에게 자신들이 있음에도 거리낌 없이 키스를 하는 것에 한마디씩 하였다.

그러거나 말거나 수현은 그에 그치지 않고, 셀레나의 한 손을 깍지를 끼며 잡아 살짝 들더니 그녀의 손등에 다시 한 번 키스를 하였다.

그러면서 살짝 눈을 치뜨며 그녀의 두 눈을 바라보았다.

한없는 사랑과 신뢰가 담긴 수현의 눈빛을 본 셀레나는 언제 그에게 질투심을 느꼈냐는 듯, 수현이 자신을 버리고 다른 여자에게 떠날지도 모른다는 불안감은 아침 햇살을 받은 물안개마냥 사라졌다.

셀레나의 눈에 가득했던 불안감이 사라진 것을 느낀 수현은 다시 조금 전에 보던 시나리오로 시선을 돌려 마저 읽기 시작했다.

그런 수현의 모습이 다시 셀라나의 시선에 들어왔지만, 이제는 그녀의 눈빛 어디에도 불안감이나 질투심은 남아 있지 않았다.

그저 그녀의 두 눈에 남은 것이라고는 수현이 자신에게 보내는 무한한 신뢰와 사랑에 감동한 눈빛뿐이었다.

한편 두 사람의 엉뚱한 행동에 놀란 표정을 짓던 제임스 로렌스는 눈빛을 반짝였다.

그러면서 그의 머릿속에 한 단어가 스치고 지나갔다.

'카사노바!'

너무도 자연스럽게 여자의 불안감을 해소시켜주며 한편으로는 더욱 자신을 사랑하게 만드는 수현의 모습에 자연스럽게 그 단어가 떠올랐다.

그리고 그건 제임스 로렌스 감독만이 아니라 브루스 위너 또한 마찬가지였다.

Chapter 4

스케줄

위너 브라더스의 오너, 브루스 위너의 초청으로 간 겨울 별장 파티에서 생각지도 않은 배역을 제안 받은 수현은 그 자리에서 수락을 하였다.

다른 배역도 아니고 세계적인 명장 제임스 로렌스 감독의 신작 영화다.

그리고 할리우드 최고의 별들도 감히 거절할 수 없을 제임스 로렌스 감독이 직접 몇 년을 고심해 쓴 시나리오다.

그런 작품의 주연 제안인데, 수현이 아무리 톱스타 반열에 오른 스타라고는 하지만 감히 거절을 할 수 있겠는가.

뿐만 아니라 자신이 아니면 시나리오를 금고 안에 묵혀둘 것이란 말을 들었는데, 어떻게 거절을 한다는 말인가.

사실 제임스 로렌스 감독의 시나리오라면 검토할 것도 없이 수락할 톱스타들이 즐비하다.

이는 제작자인 브루스 워너 또한 친구란 것을 떠나, 제임스 로렌스 감독의 시나리오이기에 굳이 다른 사람을 통해 검토할 것도 없이 제작을 하겠다고 나선 것이다.

그러니 제임스 로렌스 감독이 수현이 아니라면 찍지 않겠다는 말을 해도 수용한 것이었다.

그만큼 제임스 로렌스란 이름값은 무거웠다.

그리고 수현이 시나리오를 읽고, 작품이 마음에 들어 수락을 하자마자 제임스 로렌스 감독은 마치 무거운 짐을 내려놓은 듯한 표정으로 술잔을 들이키며 달리기 시작했다.

동서양을 막론하고 남자들의 세계는 비슷한 모양이다.

이는 빈부를 떠나 제임스 로렌스 감독도 수현이 막상 자신이 쓴 시나리오를 마음에 들어 하며, 배역을 받아들이자 온몸에 차오르는 희열을 주체하지 못하고 그 자리에서 술판을 벌인 것이다.

수현은 설마 세계적인 거장인 제임스 로렌스 감독이 마치 한국의 주당들처럼 그렇게 술을 풀 줄은 상상도 못했다.

그리고 제임스 로렌스 감독은 점잖아 보이는 것과 다르게 진상이었다.

함께한 자리에서 술자리를 가진 것도 모자라, 술이 취한

채로 파티장으로 나가 만나는 사람마나 술을 권하기 시작했다.

그런데 파티장에 있던 사람들은 감히 어느 누구도 그런 제임스 로렌스 감독의 권유를 무시하지 못하고 술을 받을 수밖에 없었다.

무엇 때문에 제임스 로렌스 감독이 그러는 것인지 모르겠지만, 일단 세계적인 명감독이 권하는 술이니 술에 독을 탔다고 해도 일단은 받아야 했다.

그리고 그 일은 누군가에 의해 외부에 알려지면서 연예가 뉴스에 가십으로 나가게 되었다.

하지만 제임스 로렌스 감독의 주사로 누구 하나 피해를 입은 사람은 없었다.

어차피 이런 일이야 연예계 해프닝으로 잠깐 언급되었다가 조용히 사라지기 때문이다.

물론 뒤로는 누가 파티에서 벌어진 일을 외부로 흘렸는지 알아내고, 비밀을 폭로한 이에게 불이익을 주겠지만… 이번 일에 한해서는 그럴 일은 없었다.

그도 그럴 것이, 워너 브라더스 사의 겨울 별장 파티에서 제임스 로렌스 감독의 진상 짓을 폭로한 것이 바로 파티의 호스트인 브루스 워너였기 때문이다.

불이익을 줘야 할 사람이 범인이니 무슨 일이 생기겠는가.

또, 이런 일이 벌어진 것이 사실은 제임스 로렌스 감독이 내년에 신작을 내기 위해 벌인 파티란 것을 알고, 배우들을 캐스팅하기 위해 후보들을 불러들여 파티를 하던 것이었으니, 이 모든 것이 제임스 로렌스 감독의 신작 홍보로 쓰였다.

그러니 많은 사람들의 주목을 받기는 했지만 피해를 봤다고 나설 사람은 아무도 없었다.

아니, 잠시 팬들의 입방아에 오른 제임스 로렌스 감독이 피해자라면 피해자였지만, 그 또한 자신의 신작을 홍보하는 데 도움이 되었기에 그냥 넘어갔다.

*　　　　*　　　　*

"Mr. 수현! 좋은 소식이 들리더군요."

데일리 카슨은 자신의 맞은 편 소파에 앉는 수현을 보며 물었다.

"하하, 네. 얼마 전 미국 의회로부터 명예 훈장도 받고, 또……."

대답을 하던 수현은 자신의 옆자리에 앉아 있는 셀레나의 손을 잡고, 그녀를 한 번 쳐다보며 살며시 미소를 지은 뒤 다시 이야기를 시작했다.

그런데 그런 수현의 모습에 손을 잡힌 셀레나는 뭐가 그리 부끄러운 것인지 살짝 볼을 붉히고는 고개를 숙였다.

어후!

우우!

이를 지켜보던 방청석에서 야유가 터졌다.

하지만 방청객들의 야유는 두 사람의 모습이 꼴 보기 싫어서 하는 비난의 의미가 담긴 야유가 아닌, 너무도 부러운 모습에 질투가 섞인 장난스러운 표현이었다.

쪽!

방청석에서 방청객들이 야유를 하자 이번에 수현은 조금 더 나가 방송 중임에도 불구하고 셀레나의 입에 키스를 하였다.

우우!

탕탕탕탕!

이번에는 조금 전보다 더 강렬한 반응이 방청석에서 흘러나왔다.

하지만 이 모습을 담은 울프 TV의 관계자들은 어느 누구 하나 이런 분위기를 만든 수현과 셀레나나 소란을 일으키고 있는 방청객들 어느 누구도 제재를 하지 않았다.

이 모든 것이 너무도 자연스럽고 보기 좋았기 때문이다.

"워워! 젊은이들, 심장이 약한 늙은이를 위해서 과도한 애정 행각은 좀 자제해 주길 바라네."

데일리 카슨은 수현의 과감한 애정 행각에 제재를 가했다.

우후후!

짝! 짝! 짝! 짝!

데일리 카슨의 그런 말이 있자 다시 한 번 방청석에서 열렬한 반응이 나타났다.

그런 방청객들의 반응에 데일리 카슨과 울프 TV 관계자들은 저절로 입가에 미소를 지었다.

'역시, 수현이 방송에 나오면 다른 때보다 방청석의 반응이 더 뜨겁군!'

오늘 수현과 셀레나가 데일리 카슨 쇼를 나온 것은 전적으로 내년에 들어가는 '시티 오브 가더' 시즌 3 때문이다.

1부에서는 먼저 '시티 오브 가더'의 주연인 조엘 하트가 나와 카슨과 시즌 2의 이야기를 하고, 앞으로 제작될 시즌 3의 내용에 대한 간략한 예고를 하고 들어갔다.

그리고 2부에서는 시즌 1이나 시즌 2보다 더 비중이 높아진 '마스터 현'에 대해 다뤄보기 위해 수현이 초대되었다.

그런데 수현은 혼자 나온 것이 아니라 연인인 셀레나 로페즈와 함께 나왔다.

아니 정확하게는 수현이 먼저 나오고 방청석에서 구경을 하던 셀레나를 쇼의 호스트인 데일리 카슨이 불러낸 것이다.

셀레나 로페즈 정도의 스타는 아무 프로그램이나 막 출연하지 않는다.

하지만 데일리 카슨 쇼는 스타인 셀레나 로페즈라고 해도 나가고 싶다고 출현할 수 있는 TV 쇼가 아니다.

데일리 카슨 쇼는 거대 미디어 그룹인 울프 그룹에 속한 울프 TV에서 밀고 있는 주력 토크쇼다.

그 때문에 데일리 카슨 쇼는 미국에서도 가장 인기 있는 토크쇼 중 하나였기에 출현하고 싶다고 줄을 선 스타들은 차고 넘쳤다.

데일리 카슨 쇼는 그런 스타들 중에서도 그 주에 가장 핫한 인기나 주목을 받는 이를 선정하여 출연 섭외를 한다.

물론 셀레나도 한 번 데일리 카슨 쇼에 나온 적이 있었다.

하지만 그때와 지금은 상황이 아주 달랐다.

그 당시에는 갑자기 인기가 급부상하면서 세간의 주목을 받았기에 그녀가 속한 다즈니에서 손을 써서 쇼에 출연을 시킨 것이다.

즉, 홍보를 위해 손을 써서 게스트로 만든 것이지 지금처럼 데일리 카슨이 일방적으로 그녀를 쇼에 초청을 한 것이 아니었다.

그 말은 셀레나 로페즈에게 한 번의 기회가 생긴 것이란 말과 같았다.

지금 상황은 자신이 아닌, 쇼의 호스트가 직접 출연 섭외를 한 것과 마찬가지였다.

그러니 셀레나는 지금 무척이나 긴장하고, 어떻게 해야할지 몰라 당황한 상태다.

그런 것을 알고 수현이 살며시 손을 잡아주며 그녀의 긴장을 풀어주고 있었다.

그런데 그런 두 사람의 모습을 데일리 카슨이 놓치지 않고 꼬집으며 놀리기 시작했다.

그에 맞춰 쇼의 열혈 팬인 방청객들이 데일리 카슨과 합세해 수현과 그녀를 놀리고 있었다.

하지만 강심장인 수현은 더욱 뻔뻔하게 자신들을 놀리며 궁지로 몰고 있는 데일리 카슨과 방청객들에게 한 방 먹이듯 더욱 진한 애정 행각을 보여준 것이다.

"워워! 수현, 진정해요. 더 진도가 나가면 저희 방송이 방송 윤리 위원회에 제재를 받아요."

데일리 카슨은 자신의 예상보다 더 튀는 수현의 행동으로 인해 항복 선언을 하듯 부탁의 말을 하였다.

"그럼요, 많은 사람들이 실업자가 됩니다. 봐주세요."

"맞아요, 집에는 토끼 같은 마누라와 호랑이 같은 딸이 저만 바라보고 있답니다."

"네?"

수현은 데일리 카슨의 실업자 이야기와 샘 앤더슨의 이상한 이야기를 듣고 눈을 동그랗게 떴다.

"샘! 조금 전 비유가 좀 잘못된 것 같은데요?"

"뭐가 말입니까?"

데일리 카슨 쇼의 고정 게스트인 샘 앤더슨이 수현의 지적에 고개를 갸웃거렸다.

"방금 전 토끼 같은 부인과 호랑이 같은 딸이라고 하지 않았나요?"

"네, 제가 그랬죠."

샘 앤더슨은 수현의 단어 지적에 고개를 끄덕이며 긍정의 말을 했다.

그런 샘 앤더슨의 대답에 수현은 다시 한 번 알 수 없다는 표정을 지으며 이야기를 하였다.

"호랑이 같은 부인과 토끼 같은 딸이 맞는 비유 아닌가요?"

수현은 의래 남자들이 술자리에서 푸념을 할 때 사용하는 비유를 말했다.

"네, 그런 말이 있기는 하죠."

샘 앤더슨도 수현의 지적에 다시 한 번 긍정의 대답을 했다.

하지만 뒤이어 설명을 하는 샘 앤더슨의 말에 단어를 지적하던 수현도 웃고 말았다.

"하지만 제 부인은 정말로 토끼처럼 귀엽고 사랑스럽습니다."

"네?"

"그런데 제 딸은 정말로 생김새는 정말로 귀여운 제 와이프를 닮았지만, 성격은 정말로 무섭거든요. 아마 호랑이랑 붙여놔도 호랑이가 도망칠 겁니다."

와하하하!

샘 앤더슨의 말이 끝나기 무섭게 방청석에서 왁자지껄 대박 웃음이 터져 나왔다.

아니 그러겠는가.

누가 자신의 부인을 귀여운 토끼라 말하고, 귀여운 딸을 무서운 호랑이라 말을 하겠는가.

더욱이 딸을 표현하면서 정말로 무섭다는 듯 커다란 덩치의 몸을 웅크리고 부르르 떠는 모습은 웃음이 터져 나오지 않을 수 없게 만들었다.

"풋!"

옆에서 듣고 있던 셀레나 또한 너무도 우스운 모습에 바람 빠지는 웃음을 흘리고 말았다.

하지만 장내에서 웃지 못하는 한 사람이 있었다.

그 사람은 바로 무대 좌측 가려진 곳에서 쇼를 지켜보고 있던 샘 앤더슨의 딸 조안나 앤더슨이었다.

아빠인 샘 앤던슨의 표현으로 호랑이 보다 더 무서운 딸이라 명명된 존재가 바로 그녀였다.

그런데 지금 그녀가 무섭게 치뜬 눈으로 아빠인 샘 앤더슨을 노려보고 있었다.

그리고 우연인지 말을 하고 시선을 돌리던 샘 앤더슨은 자신의 딸과 눈이 마주쳤다.

그런 느낌을 받은 조안나 앤더슨은 눈이 마주치자마자 오른손을 들고 손가락으로 자신의 눈과 아빠인 샘 앤더슨을 가리키고, 손을 목 언저리로 올리더니 목을 긋는 시늉을 하였다.

'헉!'

그런 딸의 모습에 샘 앤더슨은 조금 전보다 더 애처로운 모습으로 떨기 시작했다.

설마 자신의 딸이 촬영 중인 쇼를 구경하러 왔을 줄은 예상하지 못했기 때문이다.

'응, 뭐지?'

한편 이야기를 듣던 중 샘 앤더슨의 표정이 갑자기 경직되는 것을 보고 무슨 일인지 의아해 하던 수현은 샘 앤더슨이 보고 있는 곳으로 시선을 주었다.

그리고 그가 무엇 때문에 그렇게 낯빛이 창백해진 것인지 깨달을 수 있었다.

수현은 이 상황을 그냥 넘어가지 않았다.

"이런! 불쌍한 샘."

갑자기 수현이 샘 앤더슨을 보며 말을 걸자 데일리 카슨이 궁금하단 표정으로 수현을 바라보았다.

"아름다운 숙녀를 놀리더니… 결국 호랑이에게 걸리고 말았군요. 명복을 빌어요."

"헉!"

수현의 이야기에 샘 앤더슨이 마치 판사에게 사형선고를 받은 피고처럼 외마디 비명을 질렀다.

'응?'

샘의 반응이 이상하자 데일리 카슨도 무슨 일인지 의아해 두 사람이 보고 있는 곳으로 고개를 돌렸다.

그리고 그곳에 샘 앤더슨의 딸인 조안나 앤더슨이 도끼눈을 뜨고 자신이 있는 쪽을 노려보고 있는 것을 보았다.

그리고 한마디 하였다.

"음… 샘……."

"네?"

"명복을… 굿 럭."

"ooh… NO!"

행운을 빈다는 데일리 카슨의 말에 샘 앤더슨은 더 이상 참지 못하고 안 된다는 비명과 함께 무대 밖으로 뛰어갔다.

그런 그의 모습을 한 대의 카메라가 쫓았다.

그리고 샘 앤더슨이 무대 왼쪽에서 어떤 젊은 여성 앞에서 두 손을 모아 빌고 있는 모습이 여과 없이 잡혔다.

"우리의 친구, 샘이 호랑이 앞에서 목숨을 구걸하고 있군요."

데일리 카슨은 그 모습을 보며 장난 섞인 목소리로 중계를 하였다.

와하하하!

그 말을 들은 방청석에서는 커다란 웃음소리가 터져 나왔다.

그렇게 한바탕 소동이 일고, 어느 정도 시간이 흘러 진정이 되는 듯하자 방송이 재개되었다.

그리고 언제 돌아왔는지 샘 앤더슨과 그의 딸인 조안나 앤더슨도 함께 자리하였다.

토크 쇼의 예정에 없던 게스트가 늘어나면서 조금 어수선해지긴 했지만 그렇다고 흐름상 크게 나빠진 것도 아니었다.

"현, 제자인 조엘을 크리쳐로부터 구해준 것처럼 날 좀 구원해 줘!"

"아빠!"

조안나 앤더슨이 이번에는 드라마에 나오는 괴물로 자신을 묘사를 하는 아빠의 말에 얼른 끼어들어 더 이상 말을 하는 것을 막으려 소리쳤다.

하지만 이미 샘 앤더슨의 말은 마이크를 통해 스튜디오에 있는 방청객은 물론이고, 카메라를 통해 전국, 아니 울프 TV를 시청하는 전 세계의 시청자들에게까지 퍼졌다.

하지만 조안나가 걱정하는 것은 그것이 아니다.

샘 앤더슨의 딸 조안나가 걱정하는 것은 다름 아닌 오늘 데일리 카슨 쇼의 스페셜 게스트인 수현이 자신을 어떻게 생각할지 그것이 걱정인 것이다.

사실 조안나 앤더슨은 K—POP을 좋아하는 숙녀다.

한국인들이 하는 한국말은 무척이나 듣기 좋은 소리를 낸다.

산속의 새가 지저귀는 듯한 소리로 감미로운 사랑 노래를 하는 것을 듣고 있노라면 마치 자신이 동화 속 공주가 된 듯한 느낌마저 들었다.

또 노래 중간, 중간 랩을 한다거나 영어로 된 가사를 들으면 팝으로는 느낄 수 없는 신선함과 재미도 느껴졌다.

처음에는 이런 자신을 친구들이 이해하지 못했다.

하지만 자신의 설명을 듣고 함께 K—POP을 듣던 친구들은 이제 거의 대부분 자신처럼 K—POP 마니아가 되었다.

특히 로열 가드의 노래는 최고였다.

그들은 여느 아시아인 같지 않고, 마치 키도 크고 비율 좋은 모델을 보는 듯 했다.

또 춤이면 춤, 노래면 노래 어느 것 하나 빠지지 않는 아티스트다.

게다가 그 정도 인기를 가진 그룹이라면 거만함이나 팬을 무시하는 스타들도 많은데, 그들이 무대에서 보여주는 팬들에 대한 매너 또한 최고였다.

그 일례로 로열 가드의 리더 수현과 언쟁을 벌였다가 패 가망신한 팝 스타 저스트 비버가 있다.

나중에야 로열 가드의 공연에서 수현이 테러리스트를 잡을 때 일조를 하면서 기사회생을 하기도 했다.

그는 인터뷰를 통해 그동안 자신이 얼마나 방탕하고 방종했는지 반성했다며, 자신이 이렇게 정신을 차린 건 모두 로열 가드의 리더 수현 덕분이고, 그의 도움으로 자신이 새롭게 태어난 것 같다며 소감을 전했다.

그것만 봐도 로열 가드나 리더인 수현의 인성이 얼마나 좋은지 알 수 있었다.

그때부터 조안나는 로열 가드와 수현에 열광하기 시작했다.

비록 로열 가드와 수현의 팬이 된 것은 최근이지만, 그 누구보다 수현과 로열 가드에 빠져 있는 조안나는 조금 전 아빠인 샘 앤더슨이 자신에게 호랑이라며 무서운 이미지를 만든 것에 화가 났다.

하지만 오늘 쇼의 게스트가 수현이 자신의 눈앞에 있기 때문에 우선은 참기로 했다.

더군다나 수현이 출연하는 쇼에 함께할 수 있게 도움을 주겠다는 말에 한 번 용서해 주기로 한 것이다.

실제로 쇼의 호스트인 카슨 아저씨도 허락을 했기에 즐거운 마음으로 자리했다.

하지만 또다시 아빠가 자신을 대상으로 우스갯소리를 할 줄은 예상하지 못했다.

더욱이 조금 전 호랑이란 이미지와는 비교 대상으로 삼을 수도 없는 괴물에 비유한 것이다.

조안나는 자신도 모르게 새된 비명을 지르며 아빠를 불렀다.

하지만 그 순간 자신이 실수했다는 것을 깨달았다.

방송 중에 이런 실수를 했으니 분명 수현이 자신을 어떻게 볼지 뻔했다.

이 모든 게 아빠 때문이란 생각이 들자 순간 눈에 눈물이 고이기 시작했다.

좋아하는 스타 앞에서 믿었던 아빠 때문에 이런 부끄러운 모습을 보이게 된 것에 화도 나고, 실수를 한 자신 때문에 쇼를 망쳤다는 것에 눈물을 흘리려던 찰나 수현의 목소리가 들렸다.

"그래야겠군요. 여기 아름다운 숙녀를 괴롭히는 나쁜 크리쳐가 있었군요. 카슨, 셀레나, 나를 도와 여기 위기에 몰린 숙녀를 구하지 않겠어요?"

수현의 이야기에 셀레나는 물론이고, 데일리 카슨 또한 고개를 끄덕이며 수현의 말을 받았다.

"그래, 내 어여쁜 조카의 눈에서 진주를 떨어뜨리게 하다니……."

"숙녀를 울리려 하다니… 샘, 당신은 악당이었군요. 저 또한 마스터 현을 도와 당신을 물리치는데 힘을 보태겠어 요."

갑자기 스튜디오는 한순간에 역할극 무대가 되어버렸다.

시작은 위기를 모면하려던 샘 앤더슨으로 인해 발생했지만, 그는 오히려 자신의 말 때문에 악당이 되어버렸다.

"어, 어? 이게 아닌데, 난 아니야. 항복!"

샘 앤더슨은 수현이 자리에서 일어나 태권도 겨루기 자세를 취하자 얼른 일어나 바닥에 무릎을 꿇으면서, 마치 어린아이가 잘못해 벌을 받듯 두 손을 번쩍 들어 보이며 항복 선언을 하였다.

한순간에 벌어진 짧은 콩트였지만 이것을 바로 앞에서 지켜본 조안나는 감동하였다.

어떻게 자신의 감정을 알고 자신을 대신해 샘 앤더슨에게 항복을 받아낸 것인지 알 수는 없었지만, 조안나는 수현의 행동에 깊은 감명했다.

평소 아빠가 장난이 좀 심한 편이기는 하지만 방송에서 이렇게까지 자신을 당황하게 만들 줄은 몰랐다.

더욱이 자신이 앞에 있는 수현을 얼마나 좋아하는지 잘 알면서 그 앞에서 그런 말을 했을 때는 정말로 부끄러워 아빠가 한없이 미웠다.

그렇지만 자신이 부끄러워 어떻게 해야 할지 몰라 당황해 울 것 같은 상황에서 자신의 보호막이 되어준 수현이 너무 고마웠다.

"땡큐!"

쪽!

조안나는 자신을 위기에서 구해준 수현에게 자신도 모르 게 다가가 볼에 키스를 했다.

그저 소리만 요란한 볼 키스가 아닌 정말로 입술을 그의 볼에 대고 키스를 한 것이다.

마음 같아서는 그의 입술에 대고 진한 딥 키스를 해주고 싶었지만 바로 옆자리에 그의 피앙세인 셀레나가 있는데 그 럴 순 없지 않은가.

그래도 팬으로서 최대한 욕심을 채우며 감사의 뜻을 전했 다.

그런 조안나의 모습에 방금 전까지 손을 들고 벌서던 모 습의 샘 앤더슨은 느닷없이 조안나를 보며 윙크를 하고, 한 손을 슬그머니 내려 주먹을 말아 쥐며 엄지를 손가락을 치 켜들었다.

그 모습은 영락없이 두 부녀가 짜고 수현과 스킨십을 하 기 위해 모의를 한 것처럼 보였다.

"오우! 설마 사전에 모의가 있었나요? 셀레나의 실드를 피해 우리의 히어로에게 다가가기 위한 연극이었던 건가요?"

이 모습을 지켜본 데일리 카슨은 눈을 동그랗게 뜨며 장황하게 설명을 하였다.

그리고 셀레나 또한 설마 그런 것이냐는 듯 놀란 눈을 해 보였다.

"하하하하!"

연극이 끝난 줄 알았던 방청객들은 또다시 터진 데일리 카슨의 장난스러운 말과 셀레나의 과장된 표정에 웃음바다가 되었다.

한바탕 소동이 있고, 데일리 카슨은 방청객들의 웃음소리가 잦아들자 다시 차분하게 쇼를 진행했다.

"올 한 해는 무척이나 바쁘게 지낼 것 같다는 소식이 있던데, 사실인가요?"

"네, 좀 많은 스케줄이 잡혀 있어서 올해도 바쁠 것 같네요."

수현은 차분하게 데일리 카슨의 질문에 답을 했다.

"곧 있으면 '시티 오브 가더' 시즌 3의 촬영에 들어간다고 했는데, 그 뒤로도 스케줄이 있습니까?"

이미 알려져 있는 내용이지만, 데일리 카슨은 공식적으로 소식을 전하기 위해 질문하였다.

이에 수현은 밝은 미소를 지으며 대답해 주었다.

"울프 TV의 드라마 '시티 오브 가더' 시즌 3의 촬영을 마치면, 위너 브라더스에서 제작하는 영화에 출연하기로 했습니다."

수현의 말이 끝나기 무섭게 샘 앤더슨이 치고 나오며 말을 받았다.

"그 거장 제임스 로렌스 감독이 시나리오를 쓴, 그 작품 말입니까?"

할리우드는 물론이고, 미국의 연예가에 널리 퍼진 소문이었다.

거장 제임스 로렌스가 직접 쓴 시나리오를 들고 돌아왔다는 소문이 널리 퍼져 있었다.

그리고 누가 제임스 로렌스 감독 영화의 주연을 맡을 지에 대한 이야기로 떠들썩했다.

가장 먼저 물망에 오른 사람은 제임스 로렌스 감독의 워너비였던 레오나르도 디케인이었다.

하지만 그는 나이가 너무 많다는 것 때문에 금방 후보에서 사라졌다.

제임스 로렌스 감독의 이번 시나리오의 주인공은 20대의 젊은 청년이 스타가 되는 이야기였기 때문이다.

그래서 두 번째로 거론된 인물은 현재 할리우드는 물론이고, 연예가에 최고의 스타로 떠오른 조엘 하트다.

비록 그가 경쟁사인 울프 그룹 산하 울프 TV 드라마에 주인공으로 출연을 하고 있다고는 하지만, 제임스 로렌스 감독이 쓴 시나리오에 맞는 젊은 스타가 그뿐이라는 생각이 지배적이었다.

그러자 조엘 하트가 제임스 로렌스 감독의 이번 작품의 주연으로 낙점이 될 것이란 소문이 돌기 시작했다.

그런데 정작 제임스 로렌스 감독이나 워너 브라더스에서는 그런 소문에 아무런 답을 하지 않았다.

굳이 답을 해서 팬들의 기대감을 무너뜨릴 이유가 없었다.

그냥 소문이 더욱 커지길 기다리는 것만으로도 영화의 흥행에 도움이 되기 때문이다.

물론 아직 제작은 물론이고, 배우 선정도 되지 않은 작품이었지만, 제임스 로렌스 감독이 직접 쓴 시나리오라는 것과 이를 대형 영화사인 워너 브라더스에서 제작을 한다는 것 때문에 영화는 제작이 되기도 전부터 영화 팬은 물론이고, 스타들도 긴장하며 지켜보고 있었다.

그런데 누구나 예상하던 것과는 다르게 수현이 그 영화에 출연을 하게 되었다는 이야기를 직접 듣게 된 것이다.

"예, 저번 파티에 초청을 받은 자리에서 제안하시더군요."

수현은 다른 사람들이 경악한 표정을 짓고 있음에도 담담한 표정으로 이야기를 하였다.

"와!"

샘 앤더슨이나 조안나 앤더슨, 그리고 쇼의 오너인 데일리 카슨도 수현이 담담하게 이야기를 하는 것에 입을 다물지 못했다.

이들 세 사람은 물론이고, 방청석에 앉은 방청객들도 마찬가지였다.

하지만 단 한 사람만 수현과 같이 담담한 표정으로 미소를 짓고 있었다.

"셀레나도 알고 있었나요?"

샘은 조심스럽게 미소를 짓고 있는 셀레나에게 물었다.

비록 정식으로 초청한 게스트는 아니었어도 카슨이 즉흥적으로 초대를 한 게스트다.

그 말은 방송국을 통해 섭외는 하지 않았지만, 공식적으로 초대된 것이나 마찬가지인 것이다.

그러니 쇼가 진행이 되는 동안 종종 셀레나에게도 근황이나 신년 계획 등 그녀에 대한 질문도 해야 했다.

"물론이죠. 수현 씨가 제게는 비밀이 없거든요. 하지만 수현 씨가 말해준 것은 아니에요. 그날 그 자리에 저도 있었거든요."

"네? 그럼 셀레나 씨도 수현 씨와 함께 영화에 출연을……."

"아, 그건 아니에요. 저도 안타깝지만 극 중에 저와 맞는 역할이 없더라고요. 흑흑……."

대답을 하던 셀레나는 과장된 몸짓으로 마치 눈물을 흘리는 듯한 제스처를 보여주었다.

하하하하!

그러자 다시 한 번 방청석에서 웃음소리가 터졌다.

"이거 안타까운 소식이군요. 두 사람이 동반 출연을 한다면 참 아름다운 그림이 나올 텐데……."

데일리 카슨은 과장된 몸짓으로 방청객의 시선을 한 몸에 받은 셀레나를 위로하며 다시 말을 이어 나갔다.

"제가 뿌려놓은 정보원들이 전해오는 소식에 의하면… 또 뭔가 있다고 하던데요, 그게 뭔지 말해줄 수 있나요?"

작년부터 이야기가 나오던 '시티 오브 가더'의 스핀 오프 영화에 대한 질문이 나왔다.

울프 미디어 그룹은 자신들이 판권을 가지고 있는 슈퍼히어로인 '시티 오브 가더'를 드라마 흥행에 힘입어 영화로 제작할 계획도 가지고 있었다.

그런데 울프 미디어 그룹에서 예상하지 못한 사건이 터졌다.

그것은 바로 '시티 오브 가더'의 주인공 조엘의 인기는 그들도 어느 정도 예상은 하고 있었다.

하지만 설마 사이드킥에 불과하던 마스터 현의 인가가 이토록 높아진 것은 전혀 생각지도 못한 일이었다.

그야말로 예상 밖의 일이었다.

원판인 코믹스에서 '시티 오브 가더'의 중심은 어디까지나 주인공이 조엘이다.

그 내용은 신비한 동양의 무술을 배운 주인공이 뉴욕시를 범죄의 도시로 만들려는 악당들, 그리고 그런 악당들과 결탁한 이레귤러들에 맞서 싸워 뉴욕을 지켜낸다는 내용이다.

흔하디흔한 내용의 슈퍼 히어로 물이었다.

때문에 울프 미디어 그룹에서 '시티 오브 가더'의 판권을 사올 때도 그리 많은 돈을 주고 구입하지는 않았다.

사실 다른 경쟁사들에서 코믹스 판권을 사들이는 일은 자신들도 언젠가는 써먹을 날이 있을 것이라 예상하고 구입한 것에 불과했다.

그리고 세월이 흘러 영화의 소제가 점점 고갈되면서 어렸을 때 보던 코믹스가 새로운 대안으로 떠오르기 시작했다.

'아이언 가이', '아메리카 캡틴', '뮤턴트 Z' 등 예전에는 기술의 부족으로 제작이 어려웠던 코믹스 원작의 영화들이 이제는 기술의 발전으로 세련된 모습으로 원작자가 추구하던 것의 100% 충족시키며 코믹스의 향수를 느끼고 있던 팬들을 극장으로 불러오는데 성공을 거두었다.

뿐만 아니라 히어로 무비의 성공에 힘입어 TV에서도 코믹스 원작의 드라마가 제작되기 시작했다.

'시티 오브 가더' 또한 이런 시점에서 제작된 것이다.

드라마 제작진의 예상 외로 '시티 오브 가더'는 대박을 쳤다.

그런데 원작처럼 주인공 조엘의 인기 때문에 대박이 난 것이 아닌, 사이드킥인 마스터 현 때문이란 것이 울프 미디어 그룹의 경영진에게 고민을 안겨 주었다.

예상하지 못했던 히어로가 튀어 나오면서 그들은 선택을 해야만 했다.

원래 계획대로 '시티 오브 가더'의 주인공인 조엘을 중심으로 영화를 만들 것인가.

아니면 생각지도 못한 인기를 끌고 있는 마스터 현 또한 영화로 만들 것인가.

코믹스 원작인 '시티 오브 가더'의 배경이 뉴욕이라고는 하지만, 나오는 인물들의 면면을 보면 컴퓨터 그래픽을 사용해야만 하는 장면들이 많았다.

즉, 그 말은 제작비가 많이 들어간다는 소리와 같았다.

제작비 때문에 원래 계획대로 주인공 조엘을 중심으로 하는 한 편의 영화 제작에 집중할 것인가.

아니면 인기 상승 중인 히어로 마스터 현을 위한 영화 또한 제작할 것인가.

경영진들의 고민은 점점 깊어져 갔다.

그러나 사실 이것은 고민할 거리가 아닌 이익을 위해서 무조건 제작을 하는 것이 맞았다.

더욱이 마스터 현을 위한 영화는 제작진이 원해서 제작을 고민하는 것이 아닌, 팬들이 청원을 해서 울프 미디어 그룹의 경영진 앞으로 올라온 안건이기 때문이다.

하지만 경영진에서는 확신이 아직 부족했기에 망설였다.

원작에서 마스터 현이 가지는 비중이 그리 중요한 부분이 아니었기 때문이다.

그러던 것이 배역을 맡은 수현의 현실에서 보여준 행동들이 TV화면 속 마스터 현의 모습과 너무도 흡사하면서 팬들이 혼동을 일으키기 시작했다.

곰 우리에 떨어진 소년을 구하고, 테러 현장에서 테러가 벌어지기 전에 이를 예방함은 물론이고, 총을 들고 있는 테러리스트까지 제압했다.

그것도 드라마 속 마스터 현처럼 뛰어난 무술 실력으로 제압한 것이다.

동양 무술에 환상을 가지고 있는 팬들에게, 아니 원작 '시티 오브 가더'를 좋아 하는 팬들에게 수현은 만화 속의 마스터 현이 현실로 뛰쳐나온 것처럼 보였다.

일명 '만찢남' 이 나타났다.

팬들은 당연히 열광을 할 수밖에 없었다.

그리고 결국 울프 미디어 그룹의 경영진도 이러한 팬들의 요구에 '시티 오브 가더'의 스핀 오프인 'The Great Master'를 제작하기로 결정했다.

울프 미디어 그룹에서는 제작이 결정이 되기 무섭게 이를 발표하고, 시나리오 공모에 들어갔다.

원작과는 상관이 없는 스핀 오프였기에 어쩔 도리가 없었다.

울프 미디어 그룹은 자사에서 보유하고 있는 시나리오 작가들은 물론이고, 프리랜서 작가들에게도 공문을 보냈다.

최우수 작품은 영화로 제작을 한다는 발표까지 하였다.

그리고 그 발표가 난 것이 바로 작년 10월 25일이었고, 시나리오가 마감이 된 것은 작년 12월 말이었다.

공모된 시나리오를 검토해 수상작을 발표한 뒤, 다시 영화 제작에 맞게 수정하고 본격적으로 제작을 하기까지 시간이 좀 걸리겠지만, 울프 미디어 그룹에서는 그것을 늦어도 10월 중에는 극장에 올리는 것으로 계획하고 진행하는 중이다.

그러니 영화 제작과 상영이 올해 안에 끝나는 것이다.

만약 스핀 오프로 제작되는 영화가 흥행에 성공을 거둔다면 아마 '아이언 가이' 나 '아메리카 캡틴' 처럼 시리즈가 제작이 될 것이 분명했다.

그리고 '시티 오브 가디' 의 팬들은 올해 제작될 예정인 원작 '시티 오브 가디' 는 물론이고, 스핀오프인 'The Great Master' 도 기대를 하고 있다.

" '시티 오브 가디' 시즌 3은 물론이고, 20세기 울프 사에서 제작하는 'The Great Master', 그리고 위너 브라더스에서 준비하고 있는 제임스 로렌스 감독의 영화까지 올 한 해는 무척이나 바쁘게 활동을 해야겠군요?"

"네, 팬들의 사랑이 넘치는 만큼 올해도 바쁘게 활동해 보답해야 할 것 같습니다."

수현은 데일리 카슨의 질문에 차분히 대답을 하였다.

"허, 그렇게 바쁘게 활동을 하게 되면, 음악 활동은 어떻게 되는 거야?"

샘 앤더슨은 드라마 촬영은 물론이고, 영화도 두 편이나 찍게 되는 수현의 스케줄에 놀라며 중얼거렸다.

그도 그럴 것이, 수현은 단순히 연기만 하는 배우가 아니다.

그는 가수로서도 이미 사람들에게 스타로 자리를 잡았다.

또 작곡가로서도 인지도를 얻고 있는 수현이기에 샘 앤더슨이 물어본 것이다.

연기에 대한 스케줄은 이야기를 하는데, 가수로서의 스케줄은 언급이 없기 때문이다.

하지만 이는 수현도 쉽게 대답할 수 있는 문제가 아니었다.

비록 드라마와 영화 두 편이지만, 이를 연기하기 위해선 많은 심력을 쏟아야 했다.

비록 수현이 스타 라이프 시스템의 영향으로 코믹스의 히어로 못지않은 체력을 가지고 있지만 충분히 지칠 만한 스케줄이다.

거기에 가수로서 활동까지 병행한다는 것은 사실상 불가

능하다.

물론 억지로 밀어 붙인다면 할 수도 있지만, 이는 다른 로열 가드 멤버들이 많은 양보를 해야 하는 문제가 있기에 수현도 먼저 나서서 자신의 의견을 일방적으로 회사에 주장할 수가 없다.

재작년에도, 그리고 작년에도 로열 가드의 멤버들은 수현의 스케줄에 맞춰 많은 양보를 했었다.

그런데 또다시 양보를 하라고 할 수는 없었다.

예전에야 로열 가드가 수현의 인기에 힘입어 이끌어 가는 이미지가 있었기에 그게 가능했지만, 이제는 아니다.

로열 가드가 미국에 진출을 하고 팬들에게 멤버 한 명, 한 명이 알려지면서 그들도 이제는 어엿한 아티스트로 조명을 받기 시작했다.

그런데 수현의 스케줄 때문에 다른 멤버들이 희생을 한다면 이는 수현은 물론이고, 다른 로열 가드 멤버들에게도 좋지 못한 영향을 끼칠 것이다.

때문에 수현이 소속된 킹덤 엔터의 사장 이재명은 물론이고, 임직원 모두는 이 문제를 어떻게 해결할지 고민을 거듭하고 있었다.

스타일이트

Chapter 5

이재명 사장의 고민

수현이 울프 TV의 간판 토크 쇼인 데일리 카슨 쇼에 출현해 인터뷰하고 있는 시각, 킹덤 엔터의 임직원들은 올 한 해 계획을 마무리하기 위해 모였다.

평소라면 작년에 이미 올 한 해 계획이 세워져 있어야 했다.

하지만 어떤 이유 때문에 수현과 다른 로열 가드 멤버의 스케줄을 확정하지 못하고 시간만 보내고 있었다.

물론 킹덤 엔터에서 아예 손을 놓고 일정을 잡지 않은 건 아니었다.

특히 수현의 경우 올해 일정들은 작년 말부터 꼼꼼하게

신경 쓰고 있었다.

왜냐하면 수현은 따로 개인 스케줄이 있는데다 로열 가드의 멤버들과 투어 활동을 해야 했기 때문이다.

그래서 어느 때보다 세심하게 일정을 조율하며 계획을 짜는 중이었다.

그런데 작년 연말 갑자기 커다란 계약 하나가 턱, 하고 날아들었다.

그건 바로 거대 영화 제작사인 위너 브라더스가 수현이 자신들이 제작하는 영화에 출현해 줬으면 좋겠다는 제안이었다.

처음 이 제안을 받았을 때만 해도 킹덤 엔터에선 별일 아니라도 생각했다.

이미 올해 계획이 마무리 단계로 접어든 마당에 아무리 위너 브라더스라고 해도 정중히 거절하면 그만이었다.

수현은 이미 작년에 미국에서 계약한 스케줄만 두 개였다.

하나는 울프 TV의 '시티 오브 가더' 시즌 3이었고, 다른 하나는 20세기 울프 사에서 제작할 '시티 오브 가더'의 스핀 오프 영화인 'The Great Master'다.

물론 'The Great Master'는 아직 주인공인 '마스터 현'의 배역이 수현으로 정해졌을 뿐, 그 외에 시나리오나 배역 등은 아직도 미지수로 남아 있다.

그러다 보니 좋은 기회가 아깝기는 하지만, 굳이 무리할 필요성을 느끼지 못했다.

다른 계획이 없다면 모를까, 선풍적인 인기를 휩쓸며 미국 진출에 성공한 로열 가드는 이번 미국 전국 투어에 이어 유럽 투어를 진행할 예정이었다.

그 정도로 로열 가드는 이전의 K—POP 스타에 머무르지 않고, 세계적인 톱스타로 자리매김했다.

그리고 지금 이 순간에도 로열 가드의 인기는 하늘 높은 줄 모르고 치솟고 있었다.

그렇기에 이번 유럽 투어의 성공을 위해서라도 더 이상 수현의 스케줄에 다른 계획을 추가할 수는 없었다.

솔직히 말하자면 이미 20세기 울프 사에서 수현을 주연으로 하는 영화가 준비 중이기에 킹덤 엔터로서는 딱히 매력적인 제안이 아니라는 것도 한몫했다.

그러나 전달된 전문의 내용을 읽는 순간 킹덤 엔터의 이재명 사장을 비롯한 임직원 전원은 큰 충격을 받았다.

그건 자신들이 예상했던 수준의 제안이 아니었기 때문이다.

위너 브라더스에서 날아든 전문의 내용은 수현에게 단순히 조연 따위를 맡긴다는 내용이 아니었다.

세계적인 거장 제임스 로렌스 감독이 직접 집필한 시나리오를 바탕으로 신작을 촬영하는데, 부디 수연에게 주연으로 영화에 출현해 달라는 것이었다.

아직 수현은 미국에서 드라마 한 편을 찍었을 뿐이다.

그것도 시즌 제로 촬영하는 드라마에서 시즌 1에 짧게 카메오로 출연하고, 시즌 2에 가서야 여러 회를 찍었다.

그래도 그 덕분에 같은 계열사인 20세기 울프 사에서 스핀 오프 영화의 주인공으로 캐스팅되는 기회를 얻었다.

그것만 해도 굉장히 이례적인 일이었다.

그런데 단 한편의 영화에도 출현한 적 없는 수현을 위너 브라더스가 출현을 제의하다니.

이재명 사장은 한숨을 푹 내쉬며, 위너 브라더스가 보낸 전문을 보지 말았어야 했다고 생각했다.

수현이 위너 브라더스의 영화에 출현하게 되면, 기존에 짜놓은 로열 가드와 수현의 스케줄이 꼬인다.

그렇다고 위너 브라더스의 제안을 거절하는 것은 막말로 미친 짓이었다.

이 제안을 수락하기만 하면 지금 당장의 수익은 물론이고, 장기적으로도 킹덤 엔터와 수현 모두에게 큰 자산이 될 것이다.

물론 로열 가드의 유럽 투어를 선택하더라도 비슷한 효과를 거둘 수는 있었다.

킹덤 엔터의 입장에서는 로열 가드의 유럽 투어나 수현의 영화 출현 중 어떤 선택을 하더라도 나쁘지 않았다.

스타라이트

물론 수현의 미래만 생각하면 위너 브라더스의 제안을 받아들이는 것이 훨씬 좋았다.

그러나 영화에 출현할 수현에게 좋을지는 몰라도, 다른 로열 가드의 멤버들의 활동에 제약이 걸린다.

세계적인 명성을 얻은 로열 가드의 멤버들은 더 이상 킹덤 엔터가 함부로 취급할 수 없는 상황이었다.

예전처럼 리더인 수현이 다른 스케줄로 바쁘더라도 성공할 수만 있다면, 다른 멤버들이 제대로 된 활동을 못하더라도 상관없던 시절이 아니다.

또 로열 가드의 컴백을 기다리는 팬들에게 어떻게 설명하고, 어떻게 설득해야 한단 말인가.

아무리 로열 가드의 인기가 하늘을 찌르고 있다고 해도 많은 팬들이 실망하고 로열 가드를 외면하기 시작할지도 모르는 일이었다.

그게 두렵다고 리더인 수현 없이 활동하는 것도 문제다.

자칫 불화설이 일어날 수 있기 때문이다.

정상의 그룹이 이런 불화설이 없을 수는 없겠지만, 그룹 해체의 수순으로 이어질 수 있다는 게 문제였다.

게다가 로열 가드는 한때 그런 루머가 돌기까지 했다.

다행히 그때는 수현이 왕푸첸의 총격으로 부상을 당해 활동하지 못할 때였다.

그래서 리더인 수현 없이 활동해도 팬들은 그가 없는 것을 안타까워할 뿐이었다.

하지만 지금은 그때와는 상황이 다르다.

수현이 제임스 로렌스 감독의 신작에 주연으로 캐스팅되어 어쩔 수 없다고 변명할 수는 있다.

하지만 자칫 수현을 위해 다른 로열 가드의 멤버들에게 희생을 강요하는 모습으로 비춰질 수 있어 너무 위험했다.

그리고 그런 변명을 하는 것은 팬들은 물론이고, 다른 로열 가드 멤버들에 대한 예의도 아니었다.

그렇다고 수현에게 영화에 출연하지 말라고 할 수도 없었다.

아이러니하게도 이번엔 수현에게 로열 가드의 활동에 강제로 참여하도록 종용하는 것 같았기 때문이다.

워너 브라더스 사의 제안은 회사의 이익을 떠나 수현에게 무척이나 좋은 기회였다.

앞으로 어떤 일을 하더라도 이 보다 더 눈에 띄는 이력은 없을지도 몰랐다.

한국에서는 할리우드의 그저 그런 영화의 조연으로 출연하는 것도 큰 업적이라고 생각한다.

아니, 아시아인들은 거의 그럴 것이다.

할리우드 영화에 자국의 배우가 출연했다는 것만으로도 그 나라 국민들 모두 어깨를 으쓱이며 자랑했다.

인터넷만 찾아봐도 아시아 각국의 팬들이 자국의 스타가

어떤 미국 영화에 출연을 했다며, 댓글로 자랑하는 장면을 발견할 수 있었다.

그런데 흔한 B급 영화의 주연도 아니고, 무려 제임스 로렌스 감독 영화의 주연이었다.

게다가 관심이 분산 될 수 있는 공동 주연도 아니었다.

아직 직접적으로 물어보진 않았지만, 아마 수현도 하겠다고 했을 것이 분명했다.

어느 누구를 붙잡고 물어봐도 대답은 정해져 있는 것이나 마찬가지였다.

이러다 보니 킹덤 엔터는 다른 소속 연예인들의 올 한 해 계획은 모두 세웠지만, 수현과 로열 가드에 대한 계획은 모두 보류할 수밖에 없었다.

격세지감을 느낀다고 할까.

작년에 수현이 '시티 오브 가더'에 출현하기 전만 해도 그는 그저 아이돌 가수일 뿐이었다.

그리고 위험에 처한 어린아이를 구한 영웅으로서 조금 유명세를 얻은 게 전부였다.

아마 그때의 수현이 연기로 성공할 수 있겠냐고 묻는다면, 고개를 갸웃거리지 않을 자신이 없었다.

그러나 수현은 TV 드라마에 출현하면서 많은 성공작을 찍게 됐다.

하지만 그렇다 해도 수현이 영화에 출현할 수 있을지는

또 다른 문제였다.

스크린과 브라운관은 비슷하면서도 다른 영역이었기 때문이다.

그런데 그런 걱정은 할 필요가 없다는 듯, 수현은 '시티 오브 가더'의 단역으로 제대로 된 연기를 선보이며, 비중 없던 역에 불과했던 '마스터 현'을 주연 못지않게 주목받게 만들었다.

솔직히 이 정도 성과는 다른 할리우드의 유명 스타들도 감히 따라 할 수 없는 놀라운 일이었다.

수현이 '시티 오브 가더'로 성공을 거두자 예상 못한 일도 생겼다.

엉뚱하게도 충무로에서 킹덤 엔터로 수현에 대해 문의가 빗발치기 시작한 것이다.

'시티 오브 가더'가 촬영된 미국이 아니라, 한국에서 러브콜이 날아든 이유는 충무로의 영화 제작자나 감독들도 울프 TV의 인기 드라마인 '시티 오브 가더'를 봤기 때문이다.

누구는 한국인 배우가 출연을 하기에, 누구는 원작 코믹스를 좋아하기에 봤으리라.

그러나 '시티 오브 가더'를 본 제작자나 감독들은 작품 내에서 수현이 연기하는 '마스터 현'의 모습을 보면서 하나같이 느낀 것이 있었다.

그것은 바로 수현의 연기가 TV 드라마뿐만 아니라 영화에서도 통하리란 것이었다.

킹덤 엔터의 임직원들이 수현과 로열 가드의 스케줄 문제로 골머리를 앓고 있는 이 순간에도 충무로에선 전화가 걸려오고 있었다.

분명 수현이 한국 활동을 하지 않겠다고 선언했지만, 그건 TV 출연에 한한 것 아니냐는 눈 가리고 아웅 하는 식의 명분을 내세우며 못 먹는 감 찔러보자는 심보다.

킹덤 엔터는 수현이 한국 활동에 찬성할 리가 없다는 것을 알지만, 걸려오는 전화는 꼬박꼬박 받았다.

수현이 아니더라도 킹덤 엔터에는 영화배우도 있었고, 영화배우로 키워 볼 만한 연습생도 있었다.

알아서 찾아오는 기회를 제 발로 걷어 찰 필요는 없었다.

비록 문의 전화로 업무량은 많아졌지만, 엔터테인먼트 회사가 바쁘다는 소리는 그만큼 일거리가 많다는 말이었다.

그리고 그건 킹덤 엔터의 영향력이 커진다는 소리와 같았다.

3년 전, 일부 언론사와 정치꾼의 협잡으로 만들어진 조작 스캔들로 간판스타가 은퇴했다.

그리고는 같은 이유로 차세대 간판스타는 국내 활동을 하지 않겠다고 선언했다.

사세가 기우는 건 당연한 일이었다.

그래도 어떻게든 그들의 사죄는 받아내고 싶었다.

하지만 놈들은 자신들의 잘못이 명백하게 들어났음에도, 사과는 커녕 인맥을 동원해 킹덤 엔터에 압박을 가했다.

위기를 느낀 소속 연예인들은 하나둘 킹덤 엔터를 떠날 수밖에 없었다.

회사에 남은 이들이라고는 어느 곳에서도 받아 주지 않는 인지도 부족한 연예인이나, 연습생이 대부분이었다.

아니, 인지도가 부족한 사람들 중에서도 자신의 미래를 위해 많은 수가 계약을 해지하고 떠났다.

하지만 고진감래라 했던가.

킹덤 엔터는 어려운 시기를 잘 버텨내며 제2의 전성기를 맞이할 수 있었다.

그 어려운 일의 견인차 역할을 맡은 것이 수현과 로열 가드였다.

그들이 이전보다 해외 활동을 적극적으로 하면서 수익이 늘어나지 않았다면, 제2의 전성기를 맞이하기 전에 회사는 망했을 것이다.

물론 수현과 로열가드의 수입만으로 예전 전성기 시절의 수익을 낼 순 없었다.

하지만 소속사의 다른 연예인들을 띄우기 위해 로비로 들어가던 비용이 필요 없어지면서 순이익은 오히려 늘었다.

뿐만 아니라 수현과 합자했던 레스토랑(황찬 코리아)이

대박을 쳤다.

연예 기획사가 요식업으로 성공할 수 있을까 반신반의 했지만, 안정적인 수익을 위해서 약간의 모험은 필요했다.

그래도 기왕 도전을 했다면 성공하고 싶은 게 사람의 욕심이다.

수현과 함께 레스토랑 사업을 한 것도 그 때문이다.

수현의 요리 실력이야 전부터 잘 알고 있었고, 함께 사업을 구상하기도 했었다.

중간에 조작 스캔들 때문에 잠시 무산되는 듯했지만, 황찬은 중국에서 대성공을 이룩했다.

비록 수현과 킹덤 엔터가 주관하는 것이 아닌, 현지 중국인들(메이링과 친구들)과 공동투자의 형태였지만 엄청난 수익을 올릴 수 있었다.

만약 킹덤 엔터가 수현의 지분 중 일부를 사들이는 식으로 안전한 길을 선택하지 않았다면, 더 많은 돈을 벌 수 있었겠지만 아쉽게도 당시엔 그럴만한 여유가 없었다.

그래도 수현의 동업자들이 중국에서 목에 힘 좀 주는 권력자의 자녀였던 것이 큰 자산이 되어 킹덤 엔터에 돌아왔다.

다른 기획사들이 기회의 땅인 중국에 진출을 하기 위해 돈을 싸들고 중국에 투자하다 사기를 당할 때, 킹덤 엔터는 인맥을 동원해 안정적으로 중국에 진출할 수 있었다.

그들이 한국과 다른 중국의 연예계 환경으로 인해 억울한 일을 당하고 있을 때, 킹덤 엔터는 인지도를 쌓으며 승승장구 할 수 있었다.

그렇게 어느 정도 여유를 되찾고 나니, 어느새 로열 가드도 데뷔를 한 지 5년이 훌쩍 넘어가고 있었다.

아직 로열 가드가 한창 활발히 활동하고 있지만, 킹덤 엔터는 로열 가드의 재계약 이전에 그들의 뒤를 잇는 후배 그룹의 필요성을 느꼈다.

하지만 그게 말처럼 쉬운 일은 아니었다.

조작 스캔들 때문에 데뷔를 준비하던 연습생들 상당수가 회사를 떠난 탓이 컸다.

그렇게 떠난 연습생 중에는 로열 가드의 뒤를 잇는 차기 아이돌 그룹의 멤버들도 있었다.

킹덤 엔터의 계획은 첫 시작부터 순탄치 못한 것처럼 보였다.

하지만 부자가 망해도 3년은 간다고 했던가.

국내 최고의 엔터테인먼트 중 한 곳이던 킹덤 엔터는 비록 데뷔 조 멤버들 상당수가 이탈했어도, 진흙 속에서 옥석을 가려내듯 가능성 있는 연습생을 발굴했다.

그러고 그들을 혹독하게 조련해 데뷔 조로 승격시켰다.

그 결과, 다시는 그 어떤 루머에도 흔들리지 않을 최고의 아이돌 그룹이자, 로열 가드의 후배들이란 이름에 걸맞는 아이돌 그룹이 탄생했다.

분명 기획은 나쁘지 않았다.

하지만 좋지도 못했다.

로열 가드가 국내 활동이 적은 탓에 국내 팬들은 갈증을 느끼고 있었다.

그 앞에 로열 가드의 후배라는 타이틀로 데뷔한 이들은 큰 주목을 받지 못했다.

엎친 데 덮친 격으로 킹덤 엔터를 음해하려는 세력은 아직도 기회를 살피고 있었다.

그렇게 신인들은 데뷔하자마자 대중의 관심에서 멀어지는 듯했다.

그런데 국내에선 별 볼일 없던 신인들이 중국에서 로열 가드의 후배 그룹으로 소개되면서 대박을 터뜨렸다.

이들의 인기는 로열 가드 못지않다고 평가할 정도였다.

하지만 그들의 성공은 어느 정도 예상 가능한 일이었다.

그도 그럴 것이, 앞서 수현과 로열 가드가 중국에서 미리 험난한 길을 개척해 뒀기 때문이다.

물론 킹덤 엔터의 노력이 뒷받침 되지 않았다면 불가능했을 것이다.

킹덤 엔터는 중국에서 많은 돈을 벌어들인 만큼 다시 재투자를 해 중국에 합자회사를 설립했다.

그리고 경연 대회와 연습생 오디션을 실시하는 등 연예인을 꿈꾸는 중국의 청소년들에게 기회를 제공했다.

뿐만 아니라 로열 가드와 수현이 한국에서 어려운 처지에 있는 팬들을 지원한 것처럼 중국 팬들을 돕기도 했다.

그러니 킹덤 엔터와 로열 가드, 그리고 후배 그룹까지 덩달아 인기가 높아지는 것은 당연한 일이었다.

그건 다른 한국의 기획사가 투자금을 회수하는 데 급급한 것과는 상반된 모습이었다.

이렇게 킹덤 엔터는 소속 연예인은 물론이고, 임직원까지 한마음 한뜻으로 열심히 노력했다.

그 결과, 4년 전 조작 스캔들이 터지기 전 전성기 때의 영향력을 상회할 정도로 규모가 커졌다.

무엇보다 눈에 띄는 성과는 킹덤 엔터가 세계적 거장이 직접 집필한 시나리오를 들고 섭외할 정도로 대단한 배우가 자사 소속 연예인이라는 것이다.

그 연예인은 단순한 배우가 아니라 빌보드 차트에서 1위를 차지한 곡을 만든 작곡가이자, 사람들의 심금을 울리는 노래를 부르는 뮤지션이기도 했다.

그건 바로 로열 가드의 리더 수현이다.

이제 킹덤 엔터는 한국에 국한된 엔터테인먼트 회사가 아니었다.

그저 허울뿐인 '월드 스타'가 아니라, 모두가 인정하는 '월드 스타'를 보유한 기획사로 성장한 것이다.

그리고 그 불패의 신화는 현재 진행형이다.

그런 찬란한 업적을 뽐내는 킹덤 엔터이고, 그런 킹덤 엔터의 자부심인 수연이지만, 이제는 그가 소속사에 고민거리가 됐다.

어제에 이어 오늘도 수현의 스케줄 조정 문제로 아침 일찍부터 임원 회의가 진행되고 있었다.

어제도 밤늦게까지 토의를 했지만, 시원한 해결책은 나오지 않았다.

몇몇 이사들은 고민을 하느라 집에 들어가지 않은 모양인지 까칠한 수염이 보기 싫게 나 있었고, 눈 밑의 다크서클은 광대까지 내려와 있었다.

"어디, 생각은 좀 해 봤나?"

이재명 사장은 회의실에 모인 임원들을 둘러보며 물었다.

하지만 모두가 서로의 눈치만 볼 뿐, 먼저 나서며 질문에 대답하는 사람은 없었다.

사실 그들 모두 알고 있었다.

지금 킹덤 엔터에 닥친 문제는 답이 없다는 걸.

아니, 해결책이 없기 보단, 어느 쪽도 선택할 수 없다는 표현이 맞았다.

모르는 사람이 본다면 배부른 소리라며 일축하겠지만, 킹덤 엔터의 입장에선 각각 장단점이 있기 때문에 신중하게 따져볼 수밖에 없었다.

그래도 어제 다수의 지지를 받던 의견처럼 로열 가드를 생각하면 아깝더라도 수현의 영화 촬영 스케줄 중 하나를 포기하는 게 맞았다.

그런데 문제는 20세기 울프 사와의 계약은 이미 작년에 맺었다는 것이다.

그리고 워너 브라더스 사의 작품은 아직 구두계약일 뿐이다.

물론 포기한다면 20세기 울프 사와의 계약을 해지하고 싶었다.

워너 브라더스 사의 작품은 다른 누구도 아닌 제임스 로렌스 감독의 작품이다 보니 놓치기에는 너무도 아까웠다.

그것도 본인이 직접 쓴 시나리오를 가지고 수현을 직접 찾아 시나리오를 주며 가장 먼저 섭외를 했다.

이는 다른 것을 떠나 영광된 일이었다.

세계적 거장이라 불리는 감독이 직접 자신이 쓴 시나리오를 주면서 주연으로 섭외를 한다는 것은 할리우드의 유명한 톱스타들도 누리기 힘든 호사다.

막말로 제임스 로렌스 감독 정도의 명감독이라면 전화 한 통으로 수현보다 더 유명한 스타를 섭외할 수 있었다.

냉정하긴 해도 그것이 진실이다.

그런데 제작사를 통해 캐스팅 디렉터가 섭외 전화를 준 것도 아니고, 감독이 직접 시나리오를 들고 찾아와 캐스팅을 했다.

이러한 사실을 한국의 연예부 기자들에게 알려준다 해도 아무도 믿지 않을 것이다.

열이면 열, 모두 만우절도 아닌데 무슨 장난이냐며, 오히려 호통을 칠 것이 분명했다.

하지만 그런 반응이 정상이다.

진실을 말해도 아무도 믿지 않을 정도로 황당한 일이기에 킹덤 엔터에서도 아직까지 이번 일을 언론에 알리지 않고, 내부적으로 수현과 로열 가드의 올해 스케줄만 검토하는 중이다.

스케줄 문제가 어느 정도 정리가 되어야 언론에 이 사실을 밝히든 말든 할 것 아닌가.

정말 쉽고 간단한 해결책은 아무것도 하지 않다는 것이지만, 정말 수현과 로열 가드를 놀릴 수는 없는 노릇이다.

그럴 경우 로열 가드의 이미지를 다시 쌓기 위해서는 이전보다 더한 노력해야 할 것이다.

그리고 수현과 로열 가드가 갑자기 잠수를 타버리면, 불화설로 이어져 양쪽 모두 이미지에 타격을 입을 것이 분명했다.

남을 헐뜯기 좋아하는 악플러에게는 이 보다 좋은 먹잇감이 없을 것이기 때문이다.

이재명 사장은 어느 누구도 자신의 물음에 답을 하지 않자 고개를 돌려가며 간부들 한 명, 한 명을 응시했다.

그러던 중 누군가 그를 불렀다.

"사장님!"

이재명 사장을 부른 사람은 로열 가드의 총괄 매니저인 전창걸 부장이었다.

현재 전창걸은 외부적으로는 부장이란 직함을 가지고 있지만 회사 내부적으로 이사 대우의 예우를 받고 있었다.

그는 로열 가드의 총괄 매니저가 되었을 당시만 해도 팀장으로 불렸다.

그러다 로열 가드의 인기가 급상승하며, 그는 그동안의 경력과 로열 가드의 성공을 인정받아 부장으로 승진할 수 있었다.

그리고 로열 가드가 미국에 성공적으로 진출한 공을 인정받아 다시 승진할 기회를 잡았다.

하지만 부장의 직함을 받은 지 몇 년 지나지 않았는데, 벌써 이사로 승진한다는 것은 다른 부장급 매니저들과 형평성에 맞지 않는다는 판단에 이사 대우로 그친 것이다.

보통은 외부에서 밝히는 직함이 더 높은 것이 연예계인데, 전창걸은 오히려 반대가 되었다.

그렇지만 직함이야 어찌 되었든 승진은 승진이고, 월급은 이사급에 맞게 나오니 전창걸로서는 굳이 불만을 품을 필요가 없었다.

그리고 전창걸은 이사를 다는 것에 아직은 거부감이 있었다.

왜냐하면 이사급 임원이 되면, 외근이 아닌 내근 직으로 들어와야 하기 때문이다.

즉, 회사 안에서 행정직으로 일을 해야 하는 것이 마음에 들지 않았다.

전창걸은 아직까지는 현장을 뛰는 것이 더욱 좋았다.

그래서 처음 이사 대우라 했을 때 의아해 하다 설명을 듣고는 더욱 좋아했었다.

그리고 이 모든 것이 자신이 맡은 로열 가드가 잘되어 그런 것이니 속으로는 뿌듯하기도 하고, 그들을 더 오래 담당할 수 있게 되어 다행이란 생각도 들었다.

아무튼 어느 누구도 이 문제에 대해 대답을 하지 못하고 있자 로열 가드의 총괄 매니저인 그가 총대를 메고 이야기를 하려는 것이다.

"차라리 수현이를 로열 가드의 리더 자리에서 탈퇴를 시키는 것이 어떻겠습니까?"

"뭐!"

느닷없는 전창걸의 이야기에 이재명 사장은 물론이고, 회의실에 앉아 있던 간부들까지 모두 경악하며 소리쳤다.

현재 킹덤 엔터에 소속된 연예인 중 수현의 위치는 독보적이다.

로열 가드가 나타나기 전 킹덤 엔터의 전성기를 이룩했던, 최유진 이상의 위상을 가진 존재가 바로 정수현이다.

이는 비단 킹덤 엔터뿐만 아니라 로열 가드에서도 마찬가지였다.

그런 사정을 알면서도 전창걸은 수현의 탈퇴를 언급한 것이다.

"자네! 지금 무슨 소리를 한 것인지 알고나 하는 소린가?"

보다 못한 김재원 전무가 전창걸을 보며 물었다.

"예, 전무님. 잘 알고 있습니다."

"그래, 그걸 알고 있는 자네가 지금 그런 말을 하는 것인가?"

김재원 전무는 무서운 눈으로 전창걸을 노려보며 소리쳤다.

킹덤 엔터가 가장 힘들 때, 소속된 연예인들이 침몰하는 배를 빠져나가는 쥐들처럼 회사를 버리고 탈출을 할 때, 회사를 살린 연예인이 바로 수현이다.

물론 위기의 원인 제공을 수현이 했다고 할 수도 있겠지만, 어찌 되었든 수현은 킹덤 엔터에 남았고 적극적인 해외 활동으로 킹덤 엔터를 살리는데 이바지 했다.

이는 이 자리에 있는 모든 임원들이 인정하는 사항이다.

그러니 김재원 전무는 수현과 의리를 지키기 위해서라도,

리더의 자리에 있는 수현이 로열 가드를 탈퇴한다는 것은 말도 되지 않는다고 생각하는 것이다.

"전무님."

"뭔가?"

"수현의 곁을 가장 오랫동안 지켜온 사람이 접니다."

전창걸은 자신이 로열 가드의 총괄 매니저가 되고, 수현이 다른 멤버들과 떨어져 미국에서 활동을 할 때도 그의 옆에서 케어해 준 것이 본인임을 어필했다.

"저는 누구보다 수현이를 잘 안다고 생각합니다."

전창걸은 눈도 깜박이지 않으며, 비장하게 자신의 생각을 이재명 사장과 임원들 앞에서 설명을 하였다.

"수현이라면… 저희가 이런 고민을 하고 있다는 것을 알게 되자마자 이미 승낙한 영화 촬영을 번복할 것입니다."

"음!"

전창걸의 설명을 들은 이재명은 낮게 신음을 흘렸다.

그러면서 그는 가슴에 무거운 것이 올려 진 것처럼 답답한 느낌을 받았다.

그리고 그건 옆자리에 앉아 있던 김재원 전무도 마찬가지였다.

직접 말을 꺼낸 전창걸 역시 둘과 같은 심정이었다.

하지만 이야기를 하지 않을 수 없었다.

"사장님, 전무님, 여러 이사님들……."

전창걸은 이야기를 하다말고 잠시 장내를 돌아보았다.

그의 행동은 마치 폭풍전야와 같은 비장미를 장내에 선사했다.

그 때문인지 이곳에 자리한 사람들은 전창걸이 어떤 말을 할지 긴장하며, 누구나 숨을 죽인 채 그를 지켜보고 있었다.

"회사를 비하하려고 하는 이야기는 아니지만, 솔직히 저희만으로 수현이 하나도 제대로 감당할 수가 없습니다."

쿠쿵.

전창걸의 말이 끝나기 무섭게 이재명 사장과 김재원 전무는 드디어 올 것이 왔다는 생각이 들었다.

솔직히 그들도 이런 생각을 아주 하지 않은 것이 아니었다.

수현의 명성이 높아지고, 해외에서 계속해서 수현을 찾는 문의가 들어올수록 킹덤 엔터 임직원들의 야근 횟수는 늘어만 갔다.

뿐만 아니라 수현이 국내 활동을 하지 않겠다고 선언하면서 해외로만 나가다 보니, 정작 수현의 해외 활동에 도움을 주려해도 마땅한 것이 없었다.

물론 중국과 미국에 지사를 설립을 하기는 했지만, 그것만으로 수현의 스케줄을 관리하기엔 역부족이었다.

만약 수현이 이제 겨우 해외로 진출하는 신출내기 연예인

스타라이프

이라면 지사 수준으로도 충분히 관리해 줄 수 있지만, 수현의 현재 인지도는 고작 신출내기에 비할 바가 아니었다.

수현을 제대로 관리하려면, 킹덤 엔터의 규모가 현재보다 열 배 이상은 커져야 하고, 수현만의 전담 부서를 만들어야 가능한 일이었다.

하지만 회사 규모를 갑자기 키울 수는 없는 노릇이고, 일단 가능한 일이라면 수현을 위한 전담 부서를 만드는 일이었다.

하지만 형평성에서 문제가 될 수도 있고, 다른 소속 연예인과 위화감을 조성할 수 있기에 조심스러운 일이 아닐 수 없었다.

더욱이 수현은 이제 고작 데뷔 6년 차의 아이돌 그룹의 리더다.

비록 수현이 활동하는 영역이 모델과 연기까지 두루 활동하는 만능 엔터테이너라고는 하지만, 연예계에서 활동을 한 지 10년도 되지 않았다.

물론 연예인의 등급은 연차보단 인기로 나뉘는 게 보통이다.

갓 데뷔를 한 신인이라도 인기가 많다면 그가 갑이다.

그렇지만 한국에는 한국의 정서라는 것이 있다.

만약 갓 데뷔한 신인이 인기가 많다고 그를 케어 하기 위해 회사에서 전담팀을 꾸렸다는 이야기가 돌게 된다면, 그

회사의 소속 연예인은 물론이고, 방송국이나 선배 연예인들이 이를 그냥 두고 보지 않는다.

뭐 그것도 정수현 정도라면 어찌어찌 이해해 줄지도 모르겠지만, 킹덤 엔터가 부담스럽다는 사실은 변하지 않는다.

그렇기에 수현을 위해 전담팀을 꾸린다면 로열 가드에도 그에 버금가는 대우를 해줘야 한다.

하지만 아이돌 그룹에 그러한 전례는 아직까지 킹덤 엔터는 물론이고, 대한민국 연예 기획사 어느 곳에도 없었다.

그리고 전창걸은 이러한 것을 언급한 것이다.

자신들이 감당하기에는 현재 수현의 위치가 너무도 격상되었다.

즉, 격이 맞지 않다는 것을 직접적으로 언급하였다.

그러니 이를 들은 이재명 사장을 포함한 전원이 이렇게 신음하는 것이다.

"저희의 역량으로 수현을 데리고 있는 것은 무립니다. 더욱이 수현이의 주 활동 무대는 이젠 아시아가 아니라 미국입니다."

마지막에 미국이란 말을 할 때, 전창걸은 마치 모든 것을 달관한 현자처럼 나지막하게 이야기하였다.

그렇지만 그 소리는 듣고 있는 사람들에게는 크게 울렸다.

"제대로 관리해 줄 수 없다면 그저 아쉽다는 이유로 붙잡아선 안 됩니다. 수현이를 완벽하게 관리해 줄 수 있는 곳과 계약을 할 수 있게 놔줘야 한다고 생각합니다. 그것이 그동안 저희 킹덤 엔터를 위해 뛰어준 그에 대한 예의라 생각합니다."

"그래도……."

뭔가 아쉬운 듯 김재원 전무가 작게 중얼거렸지만 말을 제대로 할 수가 없었다.

이는 그도 잘 알고 있기 때문이다.

어느새 회의의 내용은 로열 가드의 한 해 스케줄과 수현의 스케줄 조정에서 수현을 로열 가드에서 탈퇴를 시키느냐는, 그리고 더 나아가 회사에서도 놓아줘야 하는가에 대한 내용으로 바뀌었다.

"물론 모든 것을 놓자는 것은 아닙니다."

"뭐? 그건 또 무슨 소린가."

김재원 전무가 끝까지 망설이고 있을 때, 수현을 위해 놔주자고 주장하던 전창걸이 또 다른 말을 하자 고개를 갸웃거리며 물었다.

전창걸은 수현의 인기가 상승하면서 꾸준히 생각하던 일들을 정리해 설명하기 시작했다.

"비록 미국에서야 킹덤 엔터의 역량이 부족해 감당할 수 없지만, 한국이나 아시아권이라면 저희의 역량으로도 충분히 가능하지 않습니까?"

김재원 전무는 전창걸의 말에 대꾸 없이 눈만 깜빡였다.

듣고 보니 그 말도 맞았다.

자신들의 역량이 부족해 수현의 미국 활동은 제대로 관리해 줄 수 없지만, 아시아 국가들에서 활동을 할 때는 달랐다.

중국에 자회사를 설립하지 전에도 수현의 중국 활동이나 아시아 투어 정도는 충분히 케어할 수 있었다.

다만 수현의 활동 영역이 미국을 포함해 전 세계로 넓어지면서, 현지 연예계 환경까지 다 알 수는 없었기에 제대로 된 도움을 주지 못하고 안타까울 뿐이었다.

그랬기에 미국에서도 울프 미디어 그룹의 도움을 받아 활동하지 않았던가.

수현이나 로열 가드가 작년에 유독 울프 미디어 그룹 산하 TV 방송국이나, 라디오 방송국에 많이 출연을 한 것은 다른 이유가 아니었다.

그들의 도움을 받는 바람에 계약에서도 많은 부분 양보를 하고, 그만큼 손해도 발생했다.

만약 제대로 준비를 했더라면, 보다 좋은 조건으로 계약할 수 있었을 것이다.

물론 수익적으로 아쉬운 부분이 있지만, 엄청난 수익을 올리고 있는 것은 맞았다.

수현이나 로열 가드와 동급으로 평가 받는 다른 미국의

연예인들이 맺는 계약보단 좋은 편이었기 때문이다.

조금이라도 손해를 보지 않기 위해서 킹덤 엔터의 직원들이 노력 했다는 것은 말할 필요도 없었다.

앞으로도 수현은 전 세계를 무대로 활동하게 될 것이다.

킹덤 엔터가 단시간에 전 세계를 누빌 정도의 능력을 키울 수 없는 상황에서 언제까지 그에게 피해를 끼칠 수는 없었다.

"더욱이 로열 가드는 아이돌 그룹입니다."

"그렇지."

"하지만 수현은 더 이상 아이돌일 수가 없습니다."

"음……."

전창걸의 말을 들은 이재명이 다시 한 번 신음을 터뜨렸다.

생각해보니 그의 말이 맞기 때문이다.

솔직히 이 부분은 수현과 로열 가드가 미국 시장에 진출을 했을 때부터 이재명 사장도 고민해 온 부분이다.

아시아에서야 나이가 좀 있어도 아이돌 가수로 활동을 할 수 있지만 미국에서는 이야기가 달랐다.

수현의 나이는 벌써 서른이다.

솔직히 이젠 한국에서도 전직 아이돌이라고 소개해야 할 판이었다.

미국에서도 로열 가드를 아이돌 그룹이라 칭하지 않는다.

로열 가드의 곡들은 이미 아이돌의 경지를 넘었기 때문이다.

하지만 아시아의 팬들에게 로열 가드는 아직도 아이돌 그룹이다.

인식 자체가 K—POP은 아이돌이 부르는 음악이기 때문이다.

"그렇다고 로열 가드를 포기할 수는 없지 않나."

김재원 전무는 미간을 좁히며 말을 꺼냈다.

수현이야 나이도 있고, 이제 주 활동 무대를 미국으로 옮겼지만, 그가 속한 그룹 멤버가 모두 같은 문제를 가지고 있는 것은 아니었기 때문이다.

그러니 킹덤 엔터의 입장에선 로열 가드 멤버들을 그룹을 계속 유지하고, 리더인 수현만 제외하는 것이 최선이다.

"게다가 수현이 미국의 매니지먼트 회사와 계약을 했을 때, 우리보다 더 못한 실력을 가지고 있을지도 모르네."

김재원 전무는 수현이 미국에 기반을 둔 회사에서도 자신들처럼 제대로 된 관리를 하지 못할 것을 생각했다.

웬만큼 규모가 있는 회사가 아니라면 지금과 같은 문제가 몇 번이고 발생할 수 있었다.

그때, 이재명 사장이 김재원 전무와 전청걸 부장의 대화 사이로 끼어들었다.

"그러니까 자네 말은 어차피 감당할 수 없는 수현을 이끌

스타라이트

어 줄 미국의 매니지먼트사에 소개를 해주고, 별도로 한국과 아시아 국가에 스케줄이 있을 때는 우리가 매니지먼트를 하는 계약을 맺자는 말인가?"

이재명 사장은 전창걸 부장의 이야기를 요약하면서 다시 한 번 확인 차 물었다.

"그렇습니다. 그게 킹덤 엔터나 정수현, 그리고 로열 가드에게 최선이란 생각이 듭니다."

전창걸은 이재명 사장의 물음에 흔들림 없는 굳은 표정으로 대답을 하였다.

전창걸의 답변이 끝나고 회의실 안에 있는 사람들이 모두 그 이야기에 대해 곰곰이 생각해 보았다.

그리고 내린 결론은 전창걸의 이야기가 최선이란 것이었다.

기어코 작년처럼 끌고 갈 수는 있겠지만, 그것은 킹덤 엔터의 욕심일 뿐이었다.

더욱이 재계약 기간이 앞으로 1년 정도밖에 남지 않았으니 수현을 제외한 다른 로열 가드 멤버들에게 잔인한 선택일 수 있다.

물론 로열 가드와 수현의 계약 기간이 정확하게 1년만 남은 것은 아니었다.

다른 로열 가드의 멤버들은 정확하게 내년 중순 정도, 그러니 1년 반 정도 기간이 남아 있었다.

그런데 작년처럼 로열 가드를 운용할 경우 남은 활동 기간 중 1년을 공중에 날리는 셈이었다.

물론 수현이 킹덤 엔터와 재계약을 할 것인지 먼저 걱정해야 맞았다.

수현의 재계약 기간은 다른 로열 가드 멤버들과 다르게 올해까지다.

수현은 다른 멤버들보다 먼저 계약하고 활동을 했기 때문에 재계약할 시기가 더 빠를 수밖에 없었다.

현재 상황을 검토하다 보니 생각보다 계산이 더욱 명료해졌다.

수현을 계약 기간보다 좀 더 빠르게 풀어주는 일이지만, 전창걸의 계획대로만 된다면 큰 힘 들이지 않고도 세계적인 슈퍼스타의 스케줄 일부를 매니지먼트 할 수 있었다.

이는 킹덤 엔터가 많은 노력을 들이지 않고도 돈을 벌수 있게 해주는 것은 물론이고, 노하우도 쌓을 수 있는 방법이다.

게다가 수현이 없는 로열 가드에게도 좋은 인상을 주어 재계약에 유리한 고지를 점할 수 있다는 장점도 있다.

비록 수현이 빠지면서 로열 가드의 인지도가 많이 떨어지겠지만, 그래도 로열 가드를 아예 해체하는 것보다는 낫다.

포기할 것은 과감하게 포기하니, 이재명 사장이나 킹덤 엔터의 임원진들의 머릿속이 맑아졌다.

예전에는 모든 것을 다 가지려고 하니 앞뒤가 꽉 막힌 기분이었다.

그런데 손에 쥔 욕심 중 하나를 내려놓으니 문제가 어렵지 않게 해결되고 있었다.

"내가 생각해도 그게 최선인 듯 보이는군!"

전창걸의 의견과 재계약 기간이 언급되니 어느 것이 회사에 이득인지 한눈에 들어왔다.

이재명 사장은 전창걸의 제안에 고개를 끄덕이지 않을 수 없었다.

Chapter 6

탈퇴

수현은 데일리 카슨 쇼에 출연해 '시티 오브 가더' 시즌 3에 대한 전체적인 줄거리와 극 중 자신의 역할에 대해 설명했다.

그러면서도 '시티 오브 가더'를 기반으로 한 스핀 오프 영화인 'The Great Master'의 홍보도 잊지 않았다.

더불어 올해 가장 기대 되는 작품 중 하나인 거장 제임스 로렌스 감독 신작의 주인공으로 캐스팅되었다는 것도 밝혔다.

방청객들은 '시티 오브 가더' 시즌 3나 'The Great Master'에 대한 이야기를 했을 때보다, 제임스 로렌스 감독의 영화에 주연으로 캐스팅이 되었다는 이야기를 들었을 때 깜짝 놀란 반응을 보였다.

그리고 자신을 캐스팅하기 위해 제임스 로렌스 감독이 위너 브라더스 사의 오너 브루스 위너를 통해 자신을 겨울 별장으로 초대했다는 것을 거론했을 때는 수현이 생각한 것 이상으로 반응이 뜨거웠다.

어떻게 보면 수현이 출연을 하고 있는 데일리 카슨 쇼는 울프 미디어 그룹 산하의 방송국에서 제작하는 울프 TV의 간판 프로그램이다.

그리고 울프 미디어 그룹에는 울프 TV처럼 영화사인 20세기 울프 사도 있었다.

한국인 정서라면 위너 브라더스 사와 20세기 울프 사는 경쟁 회사이기 때문에 경쟁사의 작품에 출현한다는 말은 금기에 가까웠다.

그럼에도 수현은 아무 거리낌 없이 위너 브라더스에서 제작될 영화에 출현하게 됐다는 이야기를 꺼냈다.

뭐, 요즘 한국도 시절이 변하긴 했는지 예전처럼 나서서 막는 모습은 볼 수 없었다.

하지만 데일리 카슨 쇼처럼 대놓고 진행자가 먼저 물어오지는 않는다.

이런 차이가 미국이란 나라의 힘인지, 문화가 다를 뿐인지 모르겠지만, 아무튼 수현은 거침없이 자신의 입담을 뽐

냈다.

신나게 자신의 올 한 해 스케줄에 대한 이야기하고, 연인인 셀레나와 즐거운 시간을 보낼 수 있었다.

그리고 마침내 수현이 한국으로 돌아왔다.

마음 같아서는 셀레나와 함께 귀국하고 싶었지만, 그녀도 톱스타였기 때문에 개인 스케줄에 맞춰 움직일 수밖에 없었다.

그리고 결정적으로 이재명 사장이 될 수 있으면 서둘러 한국으로 돌아와 달라고 연락을 했다.

로열 가드의 스케줄 때문에 의논 할 것이 있다는 말에 수현은 알겠다고 대답했다.

그건 그룹 리더로서 마땅한 일이었다.

게다가 간단한 일이었다면 전화 통화로 해결할 수 있었을 텐데, 자신에게 귀국해 달라고 할 정도라면 뭔가 큰일이 생긴 것이 분명했다.

수현은 셀레나에게 한국으로 함께 가는 것은 힘들 것 같다는 이야기를 하고, 한국행 비행기에 몸을 실었다.

비행기가 아무 문제없이 이륙에 성공했을 때, 수현은 문득 자신이 뭔가 놓치고 있다는 것을 깨달았다.

전화를 건 이재명 사장의 목소리가 뭔가 이상하다는 느낌을 받기는 했지만, 그저 피곤해서 그런가 보다 하고 대수롭지 않게 넘겼다.

그런데 다시 생각을 해보니 원인을 알 수 없는 찜찜한 기분이 들기 시작했다.

수현은 한참이나 끙끙대며 문제가 무엇인지 떠올리려 애썼다.

그러다 비행기가 태평양 상공 위를 날아가고 있을 때, 대부분 잠든 승객들 덕분에 주변이 조용해지자 문득 떠오른 것이 있었다.

'아, 로열 가드의 유럽투어!'

거장 제임스 로렌스 감독이 직접 찾아와 신작 영화에 단독 주연을 맡아 줄 것을 제안한 것에 흥분해 자신이 무엇을 놓쳤는지 이제야 알아차린 것이다.

작년 미국 시장의 진출로 로열 가드는 K—POP을 하는 아시아의 보이 그룹이란 한계를 넘어섰다.

무려 미국 40여 개 도시를 순회하며 성공적으로 공연을 마쳤다.

덕분에 이제 로열 가드는 국가의 경계에 구애받지 않는 K—POP 아이돌 그룹으로 자리매김할 수 있었다.

그리고 미국 투어의 성공을 기반으로 공연 중 미비했던 점들을 보안해 올해는 유럽투어와 아시아 투어를 진행하기로 계획되어 있었다.

그런데 자신이 덜컥, 제임스 로렌스 감독의 신작에 출현하겠다고 승낙해 버렸다.

그러면서 로열 가드의 유럽 투어와 아시아 투어 계획에 제동이 걸린 것이 분명했다.

원칙대로라면 늦게 들어온 제안인 제임스 로렌스 감독의 영화 출연을 취소해야 맞다.

하지만 킹덤 엔터도 쉽게 결정할 수 없었을 것이다.

다른 누구도 아니고 거장 제임스 로렌스의 이름값 때문이다.

그리고 그 영화는 막강한 영향력을 가진 워너 브라더스 사에서 제작된다.

캐스팅도 감독이 직접 얼굴을 맞대고 아무에게도 보여주지 않던 시나리오를 가장 먼저 보여주며 적극적으로 나섰다.

아시아 국가의 배우가 제임스 로렌스 감독의 영화에 공동 주연도 아니고, 단독 주연 제의를 받아 허락을 했다가 번복했다.

그리고 그 사실이 알려진다면, 아무리 수현의 인기가 높다고 해도 순식간에 곤두박질칠지도 모르는 일이었다.

누가 뭐래도 수현은 미국에 진출한 지 겨우 1년밖에 안 되는 동양의 신인 배우일 뿐이었다.

신인은 신인답게 겸손할 줄 알아야 한다.

만약 수현이 엄청난 인기를 배경으로 망나니 같은 모습을 보인다면 대중은 그를 외면할 것이다.

그가 훌륭한 일들을 해내고, 많은 사람에게 존경받는다고 해도 변하지 않는 사실이었다.

미국 의회가 수여한 훈장을 받기도 했지만, 그건 신인 배우가 주목 받을 만한 일이지 인기를 유지시켜 주는 힘은 없었다.

반대로 거장 제임스 로렌스 감독은 수십 년을 활동하면서 미국은 물론이고, 세계의 영화 팬들에게 자신의 작품을 통해 이바지한 바가 컸다.

수현이 제임스 로렌스 감독 영화에 출연을 번복했다는 소식이 전해지면, 아마 앞으로 할리우드 영화에 출연할 수 있는 기회 자체가 주어지지 않을 수도 있었다.

어째서 이재명 사장이 급하게 전화를 걸었는지, 평소와 다르게 침울한 목소리일 수밖에 없었는지 이해한 수현이었다.

수현은 이재명 사장과 킹덤 엔터의 임직원들 했던 고민을 똑같이 반복하기 시작했다.

어떻게든 자신과 로열 가드의 공존을 모색해 봤다.

하지만 아무리 생각해도 자신의 개인 스케줄을 소화하면서 로열 가드의 유럽 투어와 아시아 투어를 병행할 수 없다는 결론에 도달했다.

그건 수현의 몸이 두 개가 아닌 이상 불가능한 일이었다.

하지만 수현은 자신이 로열 가드에서 나온다는 생각은 하지 않았다.

계약 기간도 아직 1년이나 남아 있고, 자기 입으로 말하긴 그래도 세계적인 스타를 보유하고 있는 것이 킹덤 엔터에게는 좋았기 때문이다.

수현은 이런 중요한 사실을 떠올리지 못한 자신을 자책하며 낯빛을 흐렸다.

'이런 실수를 하다니…….'

군에 있을 때, 연인이던 안선혜의 일방적인 결별 선언에 정신 못 차리고 근무 중 낙뢰를 맞았다.

당시엔 행운인지 불행인지 알 수 없었지만, 수현은 지금까지 일어난 일들을 생각하면 그 일을 행운이라고 여겼다.

낙뢰 사고로 인생 게임, 스타 라이프의 시스템과 현실의 육체가 연결되면서 수현은 많은 것들을 이룰 수 있었다.

평범하던 20대 청년이 게임 시스템으로 인해 남보다 뛰어난 신체를 가지게 됐고, 수많은 재능을 손에 넣었다.

그 재능들을 통해 수현은 모든 언어에 통달할 수 있었고, 각종 무술들은 물론이고, 요리도 전문 요리사 이상의 실력을 가지게 됐다.

덕분에 기울던 가세를 일으켜 세운 것은 물론이고, 동경하던 스타의 곁에서 경호해 볼 수 있었다.

비록 뒤늦은 깨달음으로 스타이던 그녀와 연결되진 않았지만, 진한 러브 라인을 경험해 볼 수 있었다.

물론 과거의 인연들에 미련이 남았다는 것은 아니었다.

과거의 연인들을 들춰볼 정도로 셀레나와 관계가 나쁜 것도 아니었기 때문이다.

수현이 연예인을 하면서 성인군자처럼 곧게 산 것은 아니어도 끊고 맺음은 확실한 남자였다.

처음에는 최유진과 애매모호한 관계를 유지하면서도, 일본의 톱스타 마리아 료코와 관계를 맺었다.

얼마 안가 그들과 약간 소원해졌을 때는 동업자인 메이링과 관계를 가지기도 했다.

물론 메이링과의 관계는 서로가 더 깊게 발전해 나가지 않을 것이라는 것을 알고 있었다.

즉, 합의에 의한 엔조이였다.

하지만 최유진이 결혼을 하자 충격을 받은 수현은 가만히 자신의 감정들을 고찰했다.

그리고 깨달음을 얻어 관계를 정리하기 시작했다.

마리아 료코와 메이링에 대해 자신이 어떤 마음을 가지고 있었는지 확인한 수현은 두 사람에 대한 감정을 깨끗하게 정리했다.

당시에 미국 진출이 결정되면서 수현은 자칫 진흙탕 싸움으로 번질 수 있는 복잡한 남녀 관계를 단숨에 해결했다.

그 덕분인지 수현은 지금도 두 사람과 트러블 없이 원만한 관계를 유지하고 있다.

그런데 희한한 것은 버리면 채워진다고 했던 도가의 가르침처럼, 미국 진출을 위해 여자관계를 정리한지 얼마 지나지 않아 또 다른 여자(셀레나 로페즈)가 나타났다.

본인이 원했던 것은 아니었다.

자신의 잘못을 숨기려던 저스트 비버의 계략이 이상하게 엉키면서, 두 사람은 연인이 되었다.

물론 한 때 위기가 있기는 했지만, 비 온 뒤에 땅이 굳는다는 말처럼 두 사람의 관계는 더욱 단단하게 맺어졌다.

별 다른 사고만 없다면, 아마 올 연말쯤에 두 사람이 결혼식을 올릴 예정은 변함없을 것이다.

그런데 호사다마라고 했던가.

자신의 앞에 느닷없이 함정이 나타난 기분이었다.

이건 다른 누구의 잘못도 아니고 순전히 본인의 부주의로 발생한 일이었다.

오랜 시간 독자적인 활동을 하면서 로열 가드로 활동한 것 이상의 인기를 얻다 보니 잠시 자신이 리더라는 것을 망각하고 말았다.

분명 큰 실수이긴 하지만, 그래도 킹덤 엔터의 어느 누구도 이런 자신을 탓하거나 원망하지는 않을 것 같았다.

성공이 보장된 천재일우의 기회 앞에서 홀리지 않을 사람은 아무도 없을 것이다.

어느 누가 감히 거장 제임스 로렌스 감독의 캐스팅 제의를 거절하겠는가.

그것도 간접적으로 이야기를 전달하는 것이 아니라, 직접 찾아와 얼굴을 맞대고 시나리오까지 보여주는 상황이었다.

이는 할리우드 최정상 자리에 있는 스타라도 경험하기 힘든 일이다.

아마 킹덤 엔터는 자신을 질책하기보다는, 이미 걷잡을 수 없이 흘러가는 일을 해결하기 위해 자신에게 연락을 한 것이리라.

물론 마음 한구석에는 상의도 없이 제임스 로렌스 감독의 제안을 받아들인 자신에게 일말의 섭섭한 감정은 있겠지만 말이다.

자신의 실수를 깨달은 수현은 곧 로열 가드 동생들에 대한 미안함이 머릿속을 채웠다.

아마 지금쯤이면 다른 멤버들에게도 자신의 소식이 전해졌을 텐데, 동생들을 볼 면목이 없었다.

수현이 한국행 비행기에 몸을 싣고 태평양을 건너고 있을 때, 로열 가드 나머지 멤버들은 회사로 움직이는 중이었다.

*　　　*　　　*

부우웅.

흔들리는 차 안, 로열 가드 멤버들은 무슨 일로 회사에서 자신들을 호출한 것인지 알 수가 없어 고개를 갸웃거리고 있었다.

"정수 형."

"왜?"

"사장님께서 무엇 때문에 저희 모두를 부른 것일까요? 뭐, 알고 계신 것 있어요?"

윤호는 수현이 부재중 일 때, 로열 가드의 임시 리더를 맡고 있는 박정수에게 물었다.

하지만 박정수라고 이재명 사장이 자신들을 불렀는지 짐작 가는 바가 없었다.

"뭐, 나라고 알겠냐? 나도 너희와 함께 연습하고 있었는데."

현재 로열 가드 멤버들은 스케줄이 확정될 동안 각자 부족한 점을 보완하거나, 자신이 필요하다고 생각되는 것들을 배우고 있었다.

일례로 윤호 같은 경우, 춤은 로열 가드 멤버들 중 탑에 속하지만 보컬은 살짝 떨어졌다.

그런 윤호의 우상은 리더인 수현이다.

모든 면에서 완벽한 수현을 자신의 롤 모델로 삼은 윤호는 아이돌이 아닌 아티스트로 불리고 싶다는 욕망을 가지고 있었다.

그래서 휴식기인 지금도 자신에게 부족하다 느껴지는 보

컬과 작곡을 배우고 있다.

휴식기에도 최선을 다하는 이는 비단 윤호뿐만 아니었다.

방금 전 윤호와 이야기를 하던 박정수도 리더인 수헌이 토크 쇼에 나가 순발력 있는 입담으로 쇼를 더욱 재미있게 이끌어 나가는 것을 눈여겨봤다.

자신이 나이를 먹고 더 이상 아이돌이 아니게 되었을 때, 박정수는 쇼 MC를 하면 좋을 것 같다고 생각했기 때문이다.

그래서 지금은 쇼 MC로서 필요한 소양을 배워가는 중이다.

이런 노력들은 윤호와 박정수만 하고 있는 것은 아니었다.

다른 멤버들 역시 자신이 할 수 있는 최선의 노력을 다하고 있었다.

그리고 자신들의 생활은 총괄 매니저인 전창걸의 통해 회사에 보고되고 있을 터였다.

사장인 이재명이 자신들의 생활에 대해 궁금한 점이 있어서 연락을 한 것은 아니라는 것이다.

게다가 자신들을 데리러 온 매니저의 표정이 썩 밝지 않는 것이 수상했다.

눈칫밥 좀 먹어봤다고 자신 있게 명함을 내밀 수 있는 로열 가드의 멤버들은 대번에 뭔가 문제가 발생했다는 것을 알아차렸다.

로열 가드 멤버들은 그 문제가 뭔지 실마리라도 찾기 위해 멤버들과 대화를 주고받았다.

하지만 다들 각자 바쁜 몸이었기 때문에 단서가 될 만한 것은 없었다.

휴식기라 개인 레슨이나, 회사가 외부에 마련해준 로열 가드 전용 연습실에서 시간을 보내는 게 전부이다 보니 현재 회사의 사정을 알지 못했다.

자신들과 관계가 있는 건 확실해 보였지만, 사고 칠 시간도 없는 로열 가드가 외부의 사건에 휘말린다는 건 불가능한 일이었다.

그렇다면 남은 선택지는 하나, 내부적인 문제라는 것이다.

"혹시… 수현이 형? 아마 형이 방송에 나와서 그런 것 같은데요."

조용히 있던 대영이가 수현의 이름을 언급했다.

"수현이 형?"

"네, 어제 밤늦게 심심해서 케이블 채널을 보다가 울프 TV에서 하는 토크 쇼를 봤는데, 수현이 형이 나오더라고."

대영은 자신이 어제 새벽에 다른 멤버들이 모두 자러갔을 때, 잠이 오지 않아 거실에 가서 TV를 틀었다.

늦은 시각이라 위성방송이나 케이블방송의 채널을 돌리

던 중 우연히 울프 TV의 채널에서 데일리 카슨 쇼가 나오고 있었다.

대영은 화면에 수현의 모습이 등장하자 채널을 돌리는 것을 멈췄다.

*　　　*　　　*

덜그럭.

저녁 12시가 넘은 늦은 시각, 대영은 숙소 안을 어슬렁거렸다.

다른 멤버들은 낮에 연습을 많이 했는지 피곤하다면서 각자 자신의 방으로 들어갔다.

이상하게 잠이 오지 않는 대영은 혼자 숙소의 거실에 홀로 남겨졌다.

혼자 뭘 해볼까 고민을 하던 그는 일단 숙소의 냉장고를 뒤지기 시작했다.

잠이 오지 않는다고 지치지 않는 것은 아니었기 때문에 굳이 숙소까지 돌아와서 다시 밖으로 나가는 건 너무 귀찮은 일이었다.

대영은 숙소의 냉장고를 뒤져 차가운 맥주와 먹다 남은 안줏거리를 찾아냈다.

그리고 곧장 거실의 TV 앞으로 이동했다.

"역시 하루 일과의 끝은 맥주로 마무리 지어야지."

대영은 TV의 전원을 켜고 맥주 캔을 땄다.

다만 시간이 너무 늦었기 때문인지 정규 방송은 볼만한 것이 없었다.

대영은 채널을 빠르게 돌려 위성방송 채널로 넘어갔다.

띠띠띠.

"어?"

빠르게 채널을 넘기던 대영은 TV 화면에 수현과 그의 연인인 셀레나가 함께 나오는 것을 스치듯 봤다.

"뭐지? 왜 저기에 수현이 형이 나오는 거야?"

미국 투어를 끝내고 각자 휴가를 보냈기 때문에 로열 가드 멤버들은 아직 리더인 수현과 만나지 못하고 있을 때였다.

물론 간간이 전화 통화를 하면서 각자 어떻게 지내고 있는지 안부를 전하고는 있었다.

하지만 수현이 셀레나와 함께 있는 것을 알기에 두 사람의 데이트를 방해하지 않기 위해 가급적 연락을 하지 않을 뿐이었다.

어차피 공식 활동을 하게 되면 다시 볼 사이인데, 연인과 즐거운 시간을 보내고 있을 수현을 방해하고 싶진 않았기 때문이다.

다른 멤버들 중에도 수현처럼 애인이 있는 사람이 있었다.

그중 한 사람인 대영의 사랑 또한 현재 진행형이다.

자신도 데이트 중에는 다른 사람의 방해를 받고 싶지 않은데, 수현이라고 다르진 않을 것이다.

더욱이 수현은 벌써 올해로 서른이었다.

보통 수현의 나이라면 수는 적어도 이미 결혼한 사람도 있을 터였다.

그리고 더 이른 나이에 결혼한 사람이라면, 자식이 초등학교에 입학할 나이였다.

더욱이 수현의 행동을 보면 아마 지금 만나고 있는 셀레나와 결혼할 것 같다고 예감이 팍팍 드는 대영었다.

그래서 그는 눈치 빠르게 수현의 데이트를 방해하려는 멤버들을 무던히 말리기도 하였다.

그런데 수현이 자신들처럼 휴식을 겸한 데이트를 즐기고 있을 것이라 생각했는데, TV에 나오고 있다.

자신들이 모르는 곳에서 리더인 수현은 벌써 활동을 재개했다는 뜻이었다.

그래서 안쓰럽고, 미안한 마음에 조용히 그의 얼굴을 바라보기 시작했다.

―그럼 '시티 오브 가디' 시즌 3의 촬영이 끝나고 바로 제임스 로렌스 감독의 신작에 출연을 한다는 말입니까?

―예, 그렇습니다.

―허, 할리우드의 많은 배우들이 제임스 감독님의 신작이 나온

다는 것에 기대를 모으고 있었는데, 그들은 헛물을 켠 것이군요.

　—하하하, 그게 그렇게 되나요?

　—제임스 감독님도 우리의 슈퍼 히어로를 알아보신 거죠.

　—이런, 안타깝게도 이번 제임스 로렌스 감독님의 작품은 히어로 물이 아닌 멜로 영화입니다.

　—네? 아니 슈퍼 빌런들을 물리치는 마스터 현이 멜로를 한다는 것입니까? 이거 마스터 현의 멜로 연기가 무척이나 궁금해지는데요.

　—제임스 로렌스 감독의 영화 이후 20세기 울프 사에서 제작하는 'The Great Master'에도 주연으로 출연을 하기도 되어 있는데, 그럼 수현은 영화에 처음으로 출연하는 것이 거장 제임스 로렌스 감독의 작품이고, 두 번째로 찍는 영화도 블록버스터급 히어로 무비의 주연이라는 것이군요? 엄청나군요.

　'헉! 대단하다.'

　대영은 샘 앤더슨이 한 이야기를 곱씹으며 깜짝 놀랐다.

　설마 자신이 알고 있는 사람이 할리우드에 진출하면서 첫 작품에서 단독 주연을 맡게 될 것이라곤 상상도 못했다.

　게다가 주연으로 출현하는 작품이 다른 사람도 아닌 거장 제임스 로렌스 감독이 직접 시나리오를 쓴 작품이란 것에 다시 한 번 놀랐다.

　뿐만 아니라 들어보니 제임스 로렌스 감독이 직접 수현을 찾아가 시나리오를 보여주며 자신의 영화에 출연해 달라고 부탁했다고 말했다.

대영은 TV를 보다 사람이 까무러칠 수도 있겠다고 생각했다.

그러다 문득 자신이 처음 수현을 만났을 때가 떠올랐다.

자체 발광, 조각 미남이란 말이 딱 어울리는 남자가 매니저 3팀의 실장님 뒤를 따라 연습실 안으로 들어왔다.

수현은 정말이지 자신이 지금까지 킹덤 엔터의 연습생으로 있으면서 본 사람들 중 가장 미남이었다.

아니, 그들과 차원이 다른 존재로 느껴질 정도였다.

하지만 아쉽게도 그 사람은 데뷔 조에 합류하는 것이 아니었다.

매니저 3팀의 실장님은 수현을 소개하며, 아이돌은 아니고 잠시 춤과 노래를 배우기 위해 임시로 소속된다는 말만 남기고 떠나버렸다.

덕분에 한동안은 수현을 어떻게 대해야 할지 관계가 애매했다.

게다가 수현이 자신들과 함께 배우고, 연습하는 것은 무리라고 생각했다.

자신들은 일반 연습생도 아니고 데뷔 조 연습생들이었다.

앞으로 최종 심사만 남기고 있는 상황에서 아이돌로 데뷔를 하지도 않을 초심자를 데려온 회사의 저의를 알지 못했다.

그 이후로 수현이 보여준 모습에 연습생들은 회사가 아무 생각 없이 수현을 대리고 왔다고 생각할 수밖에 없었다.

그는 정말 완전 생초보였기 때문이다.

운동신경이나 목소리는 좋았지만, 춤이나 노래에 관심이 없었던 모양인지 실력이 그저 그런 아마추어 수준에 불과했기 때문이다.

그런데 정말 놀라운 일이 벌어지고 말았다.

수현은 선생님들에게 교습을 받은 뒤부터 놀랄 정도로 실력이 빠르게 향상되기 시작했다.

일신우일신이라고 트레이닝을 한 번 받을 때마다 수준이 높아지기 시작하더니 급기야 데뷔조인 자신들의 실력을 뛰어 넘었다.

믿을 수 없는 일은 연달아 일어났다.

회사의 계획대로라면 데뷔 조에서 심사를 통해 선발할 인원은 네 명이나 다섯 명이었다.

그런데 그걸 통째로 뒤집어엎고 데뷔 조로 연습하던 전원이 멤버로 뽑히게 됐다.

그러자 심사를 할 필요가 없어져 데뷔 일도 예정보다 빨라졌다.

임시 소속이라는 말을 들었을 때, 그건 말뿐이고 데뷔하는 그룹의 얼굴마담으로 넣을 심산이라고 생각했었다.

그게 다 틀리지는 않았지만 역시 스카우트는 아무나 하는 건 아니라고 뼈저리게 느낀 멤버들이었다.

결과적으로 수현은 데뷔하는 그룹의 센터를 차지하는 리더가 됐기 때문이다.

하지만 아직 놀랄 일은 더 남아 있었다.

겉으로 보이는 수현의 나이는 몇 번을 봐도 같은 또래로 보였는데, 알고 보니 자신들보다 한참 형이었다.

그것도 군대를 다녀온 아저씨였다.

연습생으로 합류하기 전에는 소속사 최고 간판스타인 최유진 씨의 경호원까지 했다고 밝혔다.

정말 너무할 정도로 동안이었다.

누구는 이 피부를 유지하기 위해서 엄청난 관리를 받아야 하는데, 세상 참 불공평 하다는 걸 다시 한 번 느낄 수 있었다.

그때 그 시절을 생각하니 대영의 입가에 미소가 번졌다.

정말 처음엔 수현을 잘생긴 외모와 뛰어난 운동신경 외에는 볼 것도 없는 사람이라고 생각하기도 했었다.

하지만 그건 잘못된 판단이었고, 수현 형은 정말로 자신들이 가지지 못한 수많은 재능을 가지고 있는 사람이었다.

지금에 와서 생각해보면 자신이나 멤버들, 그리고 회사도 수현 형과 만나면서 좋은 일만 생겼다.

비록 중간에 어려운 시기가 있기는 했지만, 그것도 위기라고 보기에는 너무도 쉽게 극복하지 않았나 싶다.

게다가 전화위복이란 말처럼 로열 가드와 회사는 최고의 명성을 떨치고 있지 않던가.

그런데 수현 형은 정말 행운의 신이라도 되는 모양인지 가는 곳마다 대박을 터뜨렸다.

수현 형과 좋은 인연을 맺은 프로그램은 다 죽어가던 프로그램이라도 인기가 뛰어올라 몇 년이나 살아남아 방영을 이어 나갔다.

처음 출연했던 드라마도 미친 듯한 시청률을 기록했다.

물론 당시 출연 배우들 대부분이 인기 스타들이긴 했었기에 시청률은 어느 정도 보장된 상태였다.

하지만 비중이 적었던 수현 형의 배역이 회가 진행이 될수록 출연 빈도가 늘어나고 급기야 단역이던 배역이 주조연급으로 인기몰이를 시작했다.

그러자 그 드라마에 관심이 없던 대중들까지 수현이 맡은 배역에 대해 입소문을 듣고, 한번은 찾아볼 정도였다.

그러다 보니 시청률이 오르지 않을 수가 없었다.

아마 생각해보면 이런 일들은 수도 없이 많겠지만 가장 기억에 남는 일은 수현 형의 조언으로 익히기 시작했던 외국어다.

통역사도 있기 때문에 굳이 외국어까지 익힐 필요가 있을까 반신반의 했지만, 투어 당시 현지 팬들에게 로열 가드의 이름을 각인시키는데 결정적으로 작용했다.

어떻게 그런 사실을 알고 있었는지는 모르겠지만, 팬들은 자신들의 언어로 인사하고, 노래를 불러주자 크게 감동한 듯했다.

그때 그 팬들의 표정은 아직도 잊을 수 없었다.

처음이라 엉성한 발음의 간단한 인사말 정도였지만, 기뻐 하던 팬들의 모습에서 수현이 형의 말이 맞았음을 느낄 수 있었다.

덕분에 이제 멤버들은 영어는 통역 없이 대화가 가능했고, 각자 영어 외에도 자신 있는 외국어가 한두 개 정도 더 있었다.

다들 그만하면 됐다고 말할 때, 윤호가 악착같이 수현 형을 따라하려는 것은 괜한 일이 아니었다.

그렇게 좋아하는 형이지만, 대영은 불안을 느끼고 있었다.

저렇게 잘 나가는 형과 언제까지 같은 아이돌 그룹으로 남아 있을 수 있을까.

더욱이 얼마 뒤엔 수현 형의 계약 기간이 끝난다.

자신들보다 먼저 회사와 계약을 했기에 자신들보다 먼저 재계약 시즌을 맞이하기 때문이다.

*   *   *

TV를 보면서 대영은 이제 수현과 더 이상 함께 활동할 수 없을지도 모르겠다는 생각이 들었다.

그리고 한편으로는 자신들이 수현의 발목을 잡고 있는 것 같은 생각마저 들었다.

자신들이 데뷔할 때, 일부는 탈락할 것이라는 걸 알고 있었다.

그건 떼를 쓴다고 바뀔 수 있는 것도 아니었다.

함께 땀 흘리며 노력하지면, 마지막엔 서로가 경쟁자일 수밖에 없었다.

그걸 수현 덕분에 모두 함께 데뷔하는 것으로 계획이 변경됐을 땐 가슴을 짓누르던 무거운 돌덩이가 사라진 것 같은 기분이었다.

그 자세한 뒷배경은 나중에 로열 가드의 총책임 이사인 김재원 전무에게 들을 수 있었다.

수현이 있기에 그의 가능성을 발견한 투자자가 등장했고, 그 투자자의 전폭적인 지지로 하나의 그룹만 뽑을 계획이었던 인원을 두 개의 그룹 수준까지 늘릴 수 있었다.

그리고 수현의 인지도가 회사 임직원들의 예상보다 더 높았기 때문에 각각의 그룹으로 나눠 데뷔를 하기 보단, 로열 가드라는 하나의 그룹으로 데뷔를 하기로 결정한 것이었다.

하지만 내부적으로는 음악적 성향이 비슷한 멤버끼리 기존 계획대로 두 개의 유닛으로 활동한다는 계획이 유지되고 있었다.

덕분에 로열 가드 멤버들은 데뷔 초 혼란을 겪었지만, 그래도 수현의 활약으로 그런 혼란이 외부로 표출되지 않았다.

수현에 대한 생각을 하던 대영은 차 안을 돌아보기 시작했다.

아직도 몇몇 멤버들은 오늘 수현 형과 만나는 것도 모르고 있는 것 같았다.

스르륵.

끼익.

맴버들을 태운 벤이 정차를 하자 용근이 먼저 내리며 멤버들에게 어디로 가야 하는지 일러주었다.

"모두 사장님께 가면 돼."

"무슨 일인데 그래요. 왜 아무 말도 안 해주는 건데요?"

"여기서 말할 수는 없고, 그냥 가보면 알게 될거야."

용근은 담담한 표정으로 이야기를 마치고, 차에서 내린 멤버들을 뒤로 한 채 벤을 주차장으로 몰았다.

그런 용근의 뒷모습을 보던 멤버들은 벤이 지하 주차장으로 사라지는 것을 바라보다 걸음을 옮기기 시작했다.

조금 전까지만 해도 까불거리던 윤호는 뭔가 분위기가 심상치 않음을 깨달았는지 조용해졌다.

그건 다른 멤버들도 마찬가지다.

평소 자신들과 친구처럼 편하게 이야기를 하던 용근이었는데, 오늘은 무슨 이유에서인지 굳은 표정으로 자신들과 눈을 잘 마주치지 않으려 한다는 것을 느꼈기 때문이다.

"사장님께서 기다리고 계십니다. 바로 올라가시면 됩니다."

로비로 들어서니 가장 먼저 안내 데스크의 직원이 로열 가드 멤버들을 보며 말을 전했다.

직원은 이미 지시가 내려온 것인지, 자신들이 인사를 막기라도 하겠다는 듯 선수를 쳤다.

그러니 로열 가드 멤버들은 조용히 고개를 숙여 말없이 인사만 하고 사장실로 올라가는 직통 엘리베이터를 타는 것 말고는 할 수 있는 게 없었다.

위이잉.

"뭔가 있는 것 같지?"

"응, 우리가 모르는 무슨 일이 벌어지고 있는 것은 분명한 것 같아."

"맞아, 조금 전 용근이 형 표정도 좋지 못하던데……."

윤호와 함께 막내인 성민도 무언가 느끼는 것이 있는지, 조금 전 용근을 보며 느낀 것을 이야기했다.

"하아, 도대체 뭐가 뭔지 모르겠네, 그래도 일단 가보면 알겠지."

그렇게 알 수 없는 초조함에 심난한 로열 가드 멤버들은 일단 사장실로 가서 이재명 사장의 이야기를 들어보기로 했다.

지금은 아무것도 모르는 상태라 무슨 대책을 세우거나 말을 맞춰두는 것도 할 수 없었기에 멤버들의 불안감은 점점 커져 나갔다.

*   *   *

자신의 집무실에 혼자 앉아 눈을 감고 있던 이재명 사장은 노크 소리에 눈을 떴다.

똑똑.

"들어와."

덜컹.

"사장님, 안녕하세요."

"안녕하십니까. 저흴 부르셨다고요?"

"저희 왔습니다."

로열 가드 멤버들은 사장실 안으로 들어오며 이재명 사장을 보고, 각자 개성이 넘치는 인사를 했다.

"그래, 어서들 와라. 일단 자리에 앉아."

이재명 사장은 로열 가드 멤버들을 보며 사무실 안 소파를 가리키며 말했다.

"여기 마실 것 하고 의자 몇 개만 더 가져와."

아직 대기하고 있는 비서들에게 지시를 내린 이재명 사장은 소파의 상석에 가서 앉았다.

"일단 자리가 있는 사람은 먼저 앉아, 못 앉은 사람은 부족한 의자를 오면 앉고."

"네."

조금 뒤, 비서들이 마실 것과 접이식 의자들을 가지고 사장실로 들어왔다.

그런데 그 뒤를 따라 로열 가드의 담당 이사인 김재원 전무는 물론이고, 총괄 매니저인 전창걸도 사장실 안으로 들어왔다.

때문에 두 명의 멤버가 자리에서 일어나 양보를 할 수밖에 없었다.

그렇게 일단 자리를 잡은 사람들은 한동안 아무런 말도 하지 않고 서로의 눈치를 살폈다.

이재명 사장과 김재원 전무, 전창걸 부장은 아무런 말도 없이 로열 가드의 멤버들을 쳐다보기 시작했다.

그러자 로열 가드 멤버들 역시 자신들을 부른 이재명 사장이나 김재원 전무가 뭔가 이야기를 해줄 것이란 생각에 조용히 그들을 바라봤다.

"음, 일단 내가 불렀으니 먼저 이야기를 해야 하겠지."

이재명 사장은 심각한 표정이었지만, 애써 담담하게 이야기를 하려고 노력하는 모양인지 헛기침하며 말을 꺼냈다.

'무슨 일이지.'

로열 가드 멤버들은 사장인 이재명까지 심각한 표정으로 이야기를 꺼내자 조금 전보다 더 긴장했다.

"너희들은 최고다."

밑도 끝도 없는 말에 로열 가드 멤버들은 잠시 어리둥절한 표정으로 이재명을 쳐다보았다.

"로열 가드라는 네임은 이젠 대한민국, 아니, 아시아를 넘어 세계에 우뚝 섰다."

뜬금없이 시작된 장황한 설명에 로열 가드 멤버들은 조금 당황했지만, 자신들을 칭찬하는 말이기에 작은 자부심을 느꼈다.

하지만 왜 이런 설명을 하고 있는지 이해할 수는 없었다.

"너희도 알고 있을지도 모르겠다만, 이것은 너희와 킹덤 엔터의 힘만으로 이룩된 것은 아니라는 걸 알 것이다."

이재명 사장의 이야기가 계속되는 동안 실내는 아무런 잡음도 들리지 않았다.

이 자리에 있는 멤버들은 이재명 사장이 무슨 연유로 말을 빙빙 돌리고 있는지는 몰라도, 자신들이 지금의 자리에 오르기까지 누구의 도움을 받았는지는 다들 잘 알고 있었다.

"물론, 너희의 노력을 폄하하려는 것은 아니다. 너희와 함께 한 킹덤 엔터다, 너희들이 얼마나 열심히 노력했는지 모를 리가 없다. 하지만⋯⋯."

말을 꺼낸 이재명 사장을 비롯한 킹덤 엔터의 직원들은 로열 가드가 지금의 위치에 올라가기까지 누구의 영향이 제일 컸는지 잘 알고 있다.

이는 로열 가드 멤버들이 노력을 하지 않았다는 말이 아니었다.

멤버들의 노력도 어느 정도 일조를 했겠지만, 모두가 생각하기에 로열 가드가 세계적인 네임 벨류를 가지게 된 것은 전적으로 리더인 수현의 영향이 가장 크다는 걸 인정할 수밖에 없었다.

그리고 이러한 판단은 로열 가드의 팬들도 인정하는 사항이다.

때문에 팬들 사이에서도 리더인 수현에 관해선 언터처블이었다.

그건 마치 처음으로 성인가요와 아이돌의 경계의 시초가 됐던 가요계의 우상 '성태지와 아이들'에서 리더인 성태지가 가졌던 존재감 이상이었다.

수현은 가히 아이돌이란 말처럼 절대적인 인기를 누리고 있었다.

그리고 세계적인 거장이 직접 섭외를 해야 할 정도로 인지도가 높아졌다.

예전 미국의 아이들에게 우상은 슈퍼맨이나, 아메리칸 캡틴 등 유명 코믹스에 나오는 슈퍼 히어로거나 현실의 히어로인 소방관이나 군인이었다.

슈퍼 히어로를 꿈꾸며 소방관과 군인이 되어 이웃과 나라를 지키는 사람이 되는 것이 장래 희망이었던 예전의 어린이들과 다르게, 요즘 어린이들 사이에 최고의 히어로는 수현이었다.

그 유명세에 힘입어 그가 속한 로열 가드의 인기도 덩달아 상승해, 이제는 세계적인 그룹이 되었다.

하지만 모든 일이 좋을 수만 없듯이, 수현이 유명해지면 유명해질수록 그를 찾는 사람들은 많아졌다.

그와 반대로 로열 가드는 유명세에 비해 멤버들 개인의 인지도는 수현과 비교되지 않을 정도로 빈약했다.

예전 성태지와 아이들에서 리더인 성태지와 멤버인 유주노, 양군 사이의 차이와 비슷했다.

그룹이 해체되고 성태지는 홀로 컴백해 계속해서 정상의 자리를 유지했다.

반면 인지도가 떨어졌던 유주노와 양군은 연예계에 복귀를 하기는 했지만, 제대로 자리를 잡지 못하고 은퇴를 할 수밖에 없었다.

그나마 양군은 사업 쪽으로 소질이 있어 성공을 거두었지만, 유주노는 대중의 관심을 받지 못하고 연예계 경험을 가진 일반인이 돼버렸다.

이재명 사장은 혹시나 로열 가드도 앞선 선배들의 전철을 밟지는 않을까 노심초사했다.

하지만 세계적인 톱스타가 된 수현을 자신들이 감당하기에는 너무도 버겁다는 것을 느꼈다.

백수의 왕 사자는 작은 우리에서는 제 모습을 보여줄 수 없다.

사자가 왕으로서 자신의 위용을 보여주기 위해서는 드넓은 초원처럼 상응하는 무대가 필요한 법이다.

백수의 왕 사자 같은 수현에게 킹덤 엔터는 너무나 작은 우리에 불과했다.

새끼 사자였을 때나 보호받기 위한 울타리가 필요했을지 몰라도, 전성기의 젊은 사자에게 킹덤 엔터라는 세계는 무척 비좁았다.

게다가 아직 혈기왕성 하다고는 하지만, 날개를 달고 날기 시작한 사자와 로열 가드의 멤버들이 어깨를 나란히 하기엔 너무 큰 격차가 벌어져 있었다.

이제는 로열 가드 멤버들이 동료가 아닌, 짐이 될 정도다.

어떻게 설명을 하려고 해도 너무 냉정하게 들릴 이야기인지라, 이재명 사장도 멤버들이 오해하지 않게 만들려면 어떻게 말을 꺼내야 할지 몰라 조심스러웠다.

그 때문에 생각을 정리하기 위해 로열 가드 멤버들이 도착하기 전부터 눈을 감고 있었던 것이다.

마음의 준비를 단단히 했다고 생각했는데 그의 착각이었던 모양이다.

하지만 이재명 사장은 더 이상 시간을 끌 수 없었다.

이 이야기는 어떻게든 진행을 해서 마무리를 지어야 했기 때문이다.

로열 가드 멤버들은 이재명 사장이 천천히 들려주는 이야기에 집중했다.

이재명 사장의 이야기가 끝을 향해 달려갈수록 멤버들의 고개는 천천히 아래로 숙여지고 있었다.

그리고 드디어 이야기의 마침표를 찍었을 때, 그들은 한동안 입을 열지 못했다.

자신들이 수현과 함께 했던 시간들을 되짚어 보고 있었기 때문이다.

멤버들 한 명, 한 명이 수현과의 추억을 떠올리면서 수현의 도움을 받았던 일들을 떠올렸다.

그리고 나서 깨달았다.

그동안 로열 가드로 함께 정상에 섰다고 생각했는데, 한 걸음 떨어져 객관적으로 자신들을 돌아보자 언제나 수현이 앞장서 이끌어 줬다는 것을 알 수 있었다.

무슨 일을 해도 좋은 방향으로 연결되던 노력들도 모두 수현이 방향을 잡아 주었기에 가능했던 것이었다.

'아! 그동안 내가 열심히 노력을 했다고 생각했는데, 그 모든 것이 수현 형이 가르쳐 줬던 것이었구나.'

한편 로열 가드 멤버들이 하나같이 뭔가를 생각하며 얼굴 표정이 수시로 바뀌는 모습을 지켜보는 김재원 전무와 전창걸은 긴장하며 마른 침을 삼켰다.

성격적으로 모난 멤버들은 없었지만, 혹시나 방금 전 이재명 사장의 이야기를 곡해해 들을 수 있는 여지가 있었기 때문이다.

아무리 좋은 쪽으로 이야기를 끌고 나가려고 해도 이들의 노력이 별거 아니고, 수현에게 업혀갔다는 말로 들릴 수 있었기 때문이다.

하지만 두 사람의 걱정과는 달리 그런 생각을 하는 멤버는 없어 보였다.

"그래서, 이제는 그동안 고생한 수현을 위해서, 더 넓은 세상으로 나아가길 바라는 마음에서라도 놓아줘야 한다고 생각한다."

"네?"

그렇지 않을까 생각은 하고 있었지만, 직접적으로 이재명 사장에게 그런 이야기를 듣게 되자 로열 가드 멤버들은 깜짝 놀라 소리쳤다.

"어제오늘 뉴스를 봤다면 이미 짐작할 수 있었을 텐데?"

어제 울프 TV에서 수현이 데일리 카슨 쇼에 출연해 한 이야기는 오늘 아침 특보로 대한민국에 알려졌다.

아니, 대한민국뿐만 아니라 전 세계로 소식이 퍼져 나갔다.

"참, 축하할 일이지만, 너희를 생각하면 또 그렇지도 않아."

이재명 사장은 다시 생각해도 속이 쓰린 모양인지 신음하며 명치 부근을 살살 문지르기 시작했다.

"저기… 그냥 저희가 1년 정도 활동을 쉬면 되지 않을까요?"

대영인 슬그머니 손을 들면서 자신의 생각을 꺼냈다.

하지만 이재명 사장은 단호하게 고개를 저었다.

"맞아요, 연습할 시간이 생기면 1년 뒤에는 저희도 수현 형에 뒤지지 않는 실력을 쌓을 수 있어요!"

대영에 이어 윤호까지 가세해 수현이 잔류하는 쪽으로 이야기를 끌고 나가가 시작했다.

두 사람의 주장은 로열 가드 멤버들의 공통된 의지일까.

이재명 사장은 멤버들 한 명, 한 명과 모두 눈을 마주치며 표정을 살폈다.

그러고는 속으로 작은 한숨을 내쉬었다.

로열 가드의 멤버들 모두가 1년 정도 쉬는 건 아무것도 아니라고 생각하는 모양이었다.

"이미 결정된 사항이다. 번복은 없어."

이재명 사장은 자신의 마음속에서 슬며시 고개를 드는 미련을 뿌리째 뽑았다.

"억지로 이런 관계를 유지하는 건 의미가 없어. 어느 한쪽을 위해 다른 한쪽이 희생하는 관계는 언젠가 탈이 날 수밖에 없어."

그리고 로열 가드의 멤버들을 설득하기 시작했다.

이재명 사장의 노력으로 결국 로열 가드 멤버들은 이미 정해진 결과에 수긍하고 고개를 숙일 수밖에 없었다.

자신들을 위해 어려운 결정을 내린 건 회사도 마찬가지였다.

멤버들은 더 이상 할 말이 없었다.

수현을 붙잡을 수도 없고, 자신들이 1년을 아무 활동도 없이 연습만 하고 있을 수도 없었다.

그렇다고 차선인 유닛 활동을 한다고 해도, 결과가 좋을 것이란 확신이 서지 않았다.

Chapter 7

아름다운 이별

약속 시간보다 늦었다.

예정 시각대로 도착했다면 늦는 일은 없었겠지만 하필이면 비행기가 연착을 하고 말았다.

갑자기 내린 눈으로 인해 활주로 상황이 좋지 못한 것이 그 이유였다.

그뿐만이 아니라 악운은 한 번에 그치지 않고 연달아 찾아왔다.

추운 날씨임에도 공항에 몰려온 기자들과 팬들은 비행기가 30분이나 연착됐어도 자리를 떠나지 않았다.

활주로의 상황이 좋지 않아 연착된 건 수현이 탄 비행기

뿐만이 아니었다.

그로 인해 공항은 몹시 복잡했고, 수현이 입국 심사를 끝낼 때까지 다시 한 시간이 훌쩍 지나가 버렸다.

그리고 입국장을 나서는 순간 수현은 어마어마한 인파를 마주하게 됐다.

이정도 폭발적인 반응이라면 아마 며칠 전 촬영했던 울프 TV의 데일리 카슨 쇼가 방영된 것 같았다.

미국에서야 생방으로 나갔지만, 한국에서는 녹화 본으로 나가기 때문에 며칠정도 차이는 생기기 마련이다.

물론 미국에서는 생방으로 수현이 거장 제임스 로렌스 감독의 영화에 단독 주연으로 출연을 한다는 소식이 전파를 탄 뒤, 한국에서는 외신을 인용해 신문 기사들을 쏟아냈다.

그대로 이정도 인파는 예상치 못한 것이었다.

한차례 광풍이 몰아치고 나면 조금 잠잠해질 법도 한데, 케이블 채널과 위성 방송에서 수현이 출현한 데일리 카슨 쇼를 쉬지 않고 틀어 대면서 한번 불타오른 관심은 식을 줄 몰랐다.

특히 수현의 예상과는 다르게 신문 기사 아래로는 수많은 댓글이 달리기 시작했는데, 내용은 대부분 인터넷 용어인 '국뽕'과 '주모'를 외치고 있었다.

그런 관심을 입증하듯 인터넷 검색창의 순위의 1위부터 10위까지 모두 수현에 대한 것이었다.

물론 말할 것도 없이 1위는 정수현이란 이름 세 글자가 떡하니 자리 잡고 있었다.

그러자 기회는 이때라고 생각한 모양인지 음지에 서식하는 악플러들이 슬금슬금 기어 나오기 시작했다.

물론 절대다수는 수현이 제임스 로렌스 감독의 영화에 주연으로 출연하는 것에 대한 긍정적인 사람들이었다.

바퀴벌레처럼 살아남은 악플러들이 가끔 험한 말들을 쏟아내긴 했지만, 그런 글들은 수현의 팬뿐만 아니라 일반인들에게도 공격을 당해 순식간에 사라졌다.

이런 모습은 참 다행이 아닐 수 없었다.

처음 데뷔 때만 해도 로열 가드와 수현의 기사에는 악플들이 자주 달리곤 했다.

그래도 팬들의 노력으로 로열 가드와 수현의 선행들이 암암리에 알려지며 악플의 수가 줄어들기 시작했었다.

하지만 조작 스캔들이 터졌을 때는 다시 악플러들이 활기치고 판치기 시작했다.

그러다 스캔들이 정치권과 언론이 결탁된 조작이었다는 것이 밝혀지면서 악플은 다시 한 번 수그러들었다.

하지만 예전의 깨끗한 이미지는 조작스캔들로 인해 많은 타격을 받은 상태라, 아직도 지라시를 진실로 믿고 있는 이들이 수현과 관련된 뉴스에 반드시 나타나 악플을 남겼다.

수현이 이번에 제임스 로렌스 감독의 신작에 출연하게 되었다는 소식이 전해졌을 때도 마찬가지다.

그들은 수현이 로비가 아니면 제임스 로렌스 감독의 영화에 출연할 수 있을 리가 없다며 근거 없는 주장을 펼치기 시작했다.

하지만 킹덤 엔터의 법무팀은 빠르게 대응해, 악플러 중에서도 악질인 경우는 여지없이 검찰에 고소해 합의 없는 고소미를 먹여주었다.

그럼에도 불구하고 끊임없이 악플이 달리는 걸 볼 때, 사람의 심리란 참으로 이해할 수 없는 것이었다.

무슨 이유로 남의 잔치에 나타나서 사실 확인도 않고, 거짓된 이야기를 꾸며 쓰는지 알 수가 없었다.

그렇게 꼬박꼬박 악성 댓글을 단 그들이 얻는 것이 무엇인지 궁금할 뿐이다.

인터넷상에서 수현을 좋아하는 팬들이 악플러들과 전쟁을 펼치고 있는 그 순간, 수현은 공항의 입국장 게이트를 나서 한 걸음을 내딛고 있었다.

수현이 문 너머에서 모습을 드러내는 순간 공항은 팬들의 엄청난 환호 소리로 가득 찼다.

자랑스럽다, 사랑한다, 결혼해 달라는 등 여러 가지 목소리들이 한꺼번에 섞여 수현은 팬들이 외치는 소리를 정확하게 알아들을 수 없을 정도였다.

그 뒤를 이은 것은 할리우드 스타로 귀국한 수현의 모습을 찍어 신문의 1면을 장식하기 위한 기자들의 플래시 세례였다.

쉬지 않고 번쩍이는 불빛은 순식간에 수현의 눈을 멀게 만들었다.

잠시 아무것도 할 수 없던 수현은 빠르게 다가온 기자들에게 포위당하고 말았다.

늦어진 시간만큼 서둘러야 했지만, 수현은 별 수 없이 잠깐이라도 기자들에게 시간을 내주게 됐다.

기자회견에서 한마디라도 해야 기자들이 물러날 테고, 그런 다음에야 몰려든 인파를 뚫고 공항을 빠져나갈 수 있기 때문이다.

마음 같아서는 아무런 말도 해주고 싶은 생각이 없었지만, 몰려든 승냥이들은 자신의 입에서 뭐라도 건질 때까지 자리를 지킬 것이다.

공항에 나와 있는 기자들은 제하더라도 팬들이 있기 때문에 수현은 월드 스타로서 좋은 모습을 보여주어야 할 의무가 있었다.

그렇지 않았다면 보기 싫은 기자들에게 1초의 시간도 할애하지 않았을 것이다.

기자들의 질문 세례에 적당히 응해주고 팬들의 육탄 돌격에도 미소를 잃지 않고 공항을 빠져나오는 것은 쉬운 일이 아니었다.

그러다 보니 예상했던 시간보다 훨씬 더 많은 시간이 지체되고 말았다.

비행기 연착으로 30분, 입국장을 나오는 데 한 시간.

인파를 뚫고 나오는 시간을 계산하지 않더라도 벌써 한 시간 반을 허비한 것이다.

그런데 설상가상 갑자기 쏟아진 눈으로 시내의 교통 상황도 좋지 못했다.

예측 못한 폭설로 인해 도로 위의 차들은 거북이걸음을 하고 있었고, 일부 구간에선 눈길에 사고가 나 차량이 통재되기도 했다.

그러다 보니 수현은 계획했던 시간보다 세 시간이나 늦게 킹덤 엔터에 도착하고 말았다.

*　　　*　　　*

똑똑똑.

― 수현 씨, 도착했습니다.

덜컹.

수현이 도착하면 바로 들여보내라는 지시를 했기에 비서는 노크를 하고, 수현이 도착했다고 알리자마자 사장실 문을 열었다.

"안녕하셨습니까."

수현은 사장실로 들어가기 무섭게 가장 먼저 보이는 이재명 사장을 향해 인사했다.

"어서 와라."

"전무님, 안녕하셨어요."

"어서 와."

"형, 어서 오세요."

수현이 사장실 안으로 들어서기 무섭게 실내는 서로의 안부를 묻느라 부산스러워졌다.

"자자, 자리에들 앉자고."

수현이 사람들과 어느 정도 인사를 나눈 것을 확인한 이재명 사장은 다시금 자리를 권했다.

"축하한다."

이재명 사장은 수현을 보며 불쑥 축하의 말을 전했다.

하지만 그 말을 들은 수현은 표정을 굳히며 고개를 푹 숙였다.

"죄송합니다. 회사와 미리 상의를 했어야 했는데……."

수현은 자신의 잘못을 알기에 이재명 사장의 축하를 액면 그대로 받아들이지 못하고 사과를 했다.

"아니다, 누가 제임스 로렌스 감독의 제안을 거절할 수 있겠냐? 그것도 공동 주연도 아니고, 단독 주연의 자리를 말이다."

이재명은 수현의 사과에 미소를 지으며 고개를 천천히 저었다.

로열 가드의 다른 멤버들만 아니었다면, 킹덤 엔터의 사장으로서 이보다 기쁜 소식을 없었을 것이다.

하지만 수현을 아끼는 만큼 다른 로열 가드의 멤버들고 이재명 사장에게는 주요한 존재였다.

때문에 이 문제를 어떻게 해결할지를 두고 회의하며 고민하지 않았던가.

그래서 마냥 기뻐할 수 없을 뿐이지 수현이 성공을 향해 달려 나가는 모습이 탐탁하지 않은 것은 아니었다.

"수현아, 내 말 오해하지 말고 들어."

"네? 그게 무슨 말씀이십니까."

"이건 너를 탓해서 그런 것이 아니라, 우리 모두를 위해 나와 여기 있는 김재원 전무, 그리고 다른 모든 킹덤 엔터 직원들까지 며칠이나 논의한 끝에 내린 결론이다."

이재명 사장은 일단 수현을 안심시키기 위해 최선을 다했다.

그리고 수현이 미국에 있는 동안 회사 내부적으로 논의했던 것을 들려주었다.

이재명 사장의 이야기를 들은 수현은 작게 신음을 흘렸다.

"음……."

그 또한 비행기를 타고 오면서 혹시나 이런 일이 벌어질

지도 모른다고 예상하기도 했다.

비행기 안에서 부디 로열 가드와 결별하는 것만 아니라면 좋겠다고 생각했지만, 회사는 이미 자신과 같은 결론을 내려놓고 있었다.

수현은 필사적으로 사고를 쥐어짜며 혹시라도 더 좋은 선택은 없는지 끊임없이 고민했다.

하지만 회사가 제시한 방법보다 좋은 방법은 떠오르지 않았다.

"비록 네가 그룹에서 빠지게 되겠지만, 더 이상 너를 구속하고 있던 로열 가드란 우리를 벗어난다고 생각해라. 창공을 날아봐라!"

"그래요, 형."

"우리 걱정 하지 말고, 할리우드의 대스타가 되세요."

"오우! 할리우드~"

대영이 할리우드의 대스타란 말을 꺼내기 무섭게 윤호와 정민이 다시 장난을 치기 시작했다.

일부러 분위기를 띄우기 위해 오버를 하는 것이다.

몇 년을 동고동락하며 리더로서, 때로는 큰형처럼 자신들을 이끌어주던 수현과 헤어져야 한다는 건 쉬운 일이 아니었다.

그래서 자꾸만 눈가에 고일 것 같은 눈물을 감추기 위해 과장되게 행동하고 있는 것이다.

그런 동생들을 보면서 수현은 가슴 한편이 짠했다.

예전부터 친구가 많지 않은 수현이었다.

많지도 않던 친구들은 연예인이 되면서 하나둘 떨어져 나갔다.

바쁘기도 했지만, 조작 스캔들이 터지면서 더 이상 친구들을 만날 수 없었다.

결과적으로 수현이 한국 활동을 하지 않겠다는 선언을 하고 외국으로 활동 영역을 옮기면서 친구들과의 관계는 자연스럽게 멀어지고 말았다.

그리고 이제는 생활하는 세계가 완전히 달라지면서 깔끔하게 정리되고 말았다.

물론 그 친구들을 만날 수 없는 게 아쉽기는 해도, 연예인 활동을 하면서 새롭게 사귄 친구들도 많았다.

대표적으로 존 존스를 들 수 있다.

그와는 처음 만남부터 특이했고, 성격이 과장되고 가벼워 보이지만 그의 말은 언제나 진실만을 이야기하고 있었다.

그의 동생인 마이크는 형인 존 존스와 성격이 다르긴 했지만, 그 역시 수현을 대할 땐 언제나 성심성의를 다했다.

그러니 한국에서 사귀었던 친구들과 관계가 끝났다고 해도 수현은 아무렇지 않았다.

오는 사람 막지 않고, 가는 사람 붙잡지 않는 게 수현의 성격이기에 가능한 일이었다.

그건 이재명 사장의 설명을 듣고 난 직후인 지금도 마찬가지였다.

처음 이야기를 들었을 때는 조금 섭섭하기는 했지만, 한편으로는 홀가분하다는 생각도 들었기 때문이다.

회사로 오는 내내 가슴에 무거운 것을 올려둔 것 같이 답답했는데, 문제가 해결됐다고 생각하니 한결 숨 쉬는 게 편해진 기분이었다.

"알겠습니다. 하지만 한국에서 활동을 하게 되면, 다시 계약 연장을 하는 겁니다."

"어? 그래도 되는 거냐?"

이재명 사장은 눈을 동그랗게 뜨며 물었다.

수현이 생각지도 못한 제안을 했기 때문이다.

"그렇잖아요. 사실 제가 사장님 아니었으면, 어떻게 연예계로 발을 들였겠어요."

"크크, 그건 나 때문이 아니라 유진이 때문에 아니냐?"

어느 정도 정리가 되자, 농담과 함께 옛날이야기가 나오기 시작했다.

"뭐, 그렇기도 하지만 사장님께서도 제가 연예계에서 성공을 할 수 있다고 꼬시지 않았나요?"

"그렇긴 했지, 하지만 유진이 덕이 더 컸지. 그나저나 유진이 소식은 듣고 있나?"

간간이 소식을 전하던 최유진은 어느 순간 이재명에게 연락을 하지 않고 있었다.

그리고 이재명 또한 수현과 로열 가드의 미국 진출과 성공으로 정신이 없던 때라 최유진에게 신경 쓸 틈이 없었다.

"뭐, 잘 있는 것 같아요. 아이들은 미국 학교에 잘 적응했고, 재혼한 남편도 누나를 아껴준다고 하니까요. 무엇보다 누나도 대학에 편입해서 공부를 한다고 하더라고요."

수현은 자신이 알고 있는 것을 간단하게 이야기했다.

이재명은 수현이 전한 최유진의 근황을 듣고 안도의 한숨을 쉬었다.

지금의 킹덤 엔터가 있기까지 많은 영향을 미친 인물이 바로 최유진이다.

그리고 자신이 스타로 키운 최초의 연예인도 바로 최유진이었다.

연예인 활동을 그만뒀다고 하지만 신경 쓰이지 않는 것은 아니었다.

오랜만에 최유진에 대해 들었기 때문일까.

이재명은 자신의 파란만장한 인생을 되돌아보기 시작했다.

처음 킹덤 엔터를 차리기로 마음먹었을 때, 이재명은 연예기획사 부장을 하다 독립해서 자신만의 회사를 설립했다.

처음에는 많은 어려움을 겪었다.

이전 회사 소속으로 안면을 텄을 때는 농담도 주고받던

PD들이 어느 순간 상대도 해주지 않는 모습은 이재명에게 큰 충격으로 다가왔다.

그러다 그것이 전 회사의 농간이라는 것을 알았을 때는 이를 악물었다.

그때가 최유진이 속한 아이돌 그룹을 키우고 있던 시절이다.

하지만 아무리 노력을 해도 전 회사의 방해를 견뎌낼 수 없었다.

그렇게 야심차게 기획했던 아이돌 그룹은 실패하고, 멤버들은 여기저기 흩어졌다.

유일하게 잔류를 결정한 최유진은 한 번의 실패에도 좌절하지 않고, 솔로로 전향해 활동을 계속했다.

온갖 역경을 이겨내고, 힘들게 고생한 끝에 히트를 치며 스타덤에 오를 수 있었다.

한번 구르기 시작한 눈덩이는 급격히 덩치를 키우며 모든 것을 집어 삼켰다.

끈질기게 방해하던 기획사는 무리하게 최유진의 행보를 막아보려다 역공을 당해 무너졌다.

다시 생각해 봐도 참 흐뭇하기 그지 없는 성공 스토리였다.

이재명은 최유진과의 추억을 되새기며 입가에 짙은 미소를 그렸다.

최유진은 그가 생각하기에 수현 못지않게 많은 재능을 가지고 있었다.

가수로서의 재능은 물론이고, 연기자로서의 능력, 그리고 인재를 알아보는 안목 등 한 사람이 가졌다고는 믿을 수 없는 축복받은 인재였다.

그래서일까 그녀는 수현의 재능을 일찍부터 알아보고 수시로 연예계 데뷔를 종용하기도 했었다.

그 정성 때문이었을까.

수현도 우연한 기회에 사진 모델로 데뷔를 하면서 연예계에 발을 들였다.

아픈 과거 때문에 그렇게나 연예계를 불신하던 수현을 꾀어낸 것이 최유진이라는 것을 보면, 그녀는 가수나 배우가 아니었더라도 연예계에서 큰 성공을 거뒀을 것이다.

그런 최유진만 생각하면 이재명은 미안하기도 하고, 안타깝기도 했다.

전남편인 스포츠 스타 성정국을 소개한 것이 본인이기 때문이다.

자신의 손으로 키워낸 스타를 또다시 떠나보내야 했기 때문일까.

이재명은 이상하게 자꾸만 최유진이 떠오르며, 수현과 그녀의 얼굴이 겹쳐 보이고 있었다.

*　　　*　　　*

최유진에 대한 근황을 전달한 수현은 한 동안 말을 잊지
못했다.

대화를 주고받던 이재명이 입을 다물고 사색에 빠진 이유
도 있었지만, 무엇보다 킹덤 엔터를 떠나고 나면 로열 가드
의 멤버들을 자주 만날 수 없다는 아쉬움이 진하게 남았기
때문이다.

수현은 이재명 사장을 비롯해 사장실에 모인 인원들의 얼
굴을 하나하나 유심히 바라보기 시작했다.

수현은 지금의 자신이 있기까지 곁에서 함께했던 이들의
표정을 살피며, 그동안 겪었던 일들을 떠올리기 시작했다.

제일 먼저 마주한 이재명 사장의 얼굴을 보자, 처음 이곳
에 찾아 올 때가 생각났다.

전 애인이었던 안선혜의 음모로 MK엔터에서 한바탕하
고 나와 거리를 걷고 있을 때, 군대 동기 대영을 만났다.

그리고 그에게서 동경하는 인기 스타 최유진이 누군가에
게 협박받고 있다는 사실을 알게 됐으며, 개인 경호원을 구
한다는 것도 들었다.

그래서 아무 생각 없이 경호원을 하겠다고 나섰다.

사실 그 당시 자신은 천직이라 생각했던 태권도 사범을
그만둔 상태의 백수였기 때문에 별다른 고민 없이 즉흥적으

로 결정한 것이었다.

그땐 이름도 모르는 이상한 것—인생 게임, 스타 라이프 시스템—때문에 신체 능력이 보통 사람보다 월등했다.

자신의 힘이라면 충분히 경호원으로서 그녀를 보호해 줄 수 있다고 생각했다.

실제로도 경호원을 하는 기간 동안 최유진을 보호하는 데 최선을 다했다.

그녀와 트러블이 있던 촬영 현장 보안 업체와도 원만하게 관계를 개선시키고, 그녀를 위협하던 세력도 물리쳤다.

그것이 인연이 되어 계약 기간이 끝났음에도, 최유진은 자신을 개인 경호원으로 고용해 1년여를 함께 움직였다.

뿐만 아니라 오랜 시간 최유진과 함께하다 보니 그녀와의 관계는 어느새 고용인과 사용인이 아니라 친 동기간처럼 가까워졌다.

그리고 최유진은 사이가 가까워진 만큼 물심양면으로 수현에게 많은 도움을 주었다.

그렇게 도움을 받아 경호원에서 모델로 데뷔하고, 연예인이 되었다.

그리고 그 과정에서 로열 가드의 동생들을 알게 되면서 새로운 것들을 경험했다.

수현은 운동이라면 자신 있는 분야였지만 춤과 노래 실력은 평범했다.

하지만 로열 가드의 막내이자 춤꾼인 윤호를 만나면서 춤의 세계를 알게 됐다.

그리고 노래에 대한 깨달음을 얻어 가수로서의 기본을 갖추게 됐다.

그렇게 부정적이던 연예계에 대한 인식도 최유진을 시작으로, 윤호와 다른 멤버들이 함께 하면서 점차 긍정적으로 바뀌었다.

그러면서 아이돌 그룹으로 데뷔하고, 동경만 하던 최유진처럼 노래와 연기를 겸업하기까지 이르렀다.

그 과정에서 인생 게임, 스타 라이프 시스템의 도움이 있었기에 수현은 큰 어려움 없이 성공을 거머쥘 수 있었다.

그렇게 연전연승하는 일마다 술술 풀리자 수현은 기울어지다 못해 쓰러지기 일보 직전 가세를 일으켜 세웠다.

친척 집의 한 켠을 빌려 월세도 근근이 낼 정도로 힘들었는데, 수현은 연예인으로 성공하자마자 집을 마련해 부모님을 모셨다.

그리고 부보님께서 남에게 아쉬운 소리 하면서 살지 않을 수 있도록 가게를 마련해 드렸다.

어머니께서 음식 솜씨가 좋으셨기 때문에 망할 걱정은 할 필요도 없었다.

게다가 자신의 팬들이 가게를 찾아줬기 때문에 생각 이상으로 가게는 성공적이었다.

이재명 사장을 거쳐 로열 가드 멤버들을 얼굴을 바라보다 보니 함께 했던 여러 일들이 뭉게뭉게 피어올랐다.

첫 팬미팅에서 공부가 하고 싶은데, 집안 사정으로 돈을 벌어야 한다는 팬의 눈물 어린 이야기에 즉흥적으로 후원을 결정한 일.

병원에 아픈 동생이 있는데 팬미팅에 함께 오지 못해 너무 안타깝던 팬의 한숨에 동생이 입원한 병원에 찾아가 미니 콘서트를 진행 했던 일.

필리핀에서 화보 촬영 당시 무시무시한 자연 재해를 경험 했던 일 등 순식간에 많은 일들이 떠올랐다 사라지기를 반복했다.

그러다 하필이면 연예인으로 인기가 수직 상승하던 자신의 최대 위기이던 조작 스캔들 사건이 떠올랐다.

사실 처음 스캔들 기사를 접했을 땐, 정말 기자가 자신과 최유진의 관계를 알고 있다고 생각해 깜짝 놀랐다.

당시 수현은 자신의 감정이 정확하게 무엇인지 인지하지 못하던 시기였다.

자신의 가슴을 설레게 만드는 감정이 좋아한다는 것인지, 아니면 사랑한다는 것인지 뚜렷하게 구분할 수 없는 미숙하던 시절이었다.

뒤늦게 자신이 그녀를 사랑하고 있다는 것을 깨달았지만, 너무 늦고 말았다.

수현이 그녀를 찾았을 땐, 그녀는 다른 인연을 만나 가정을 이루고 있었다.

하지만 인생은 새옹지마라 했다.

때늦은 후회 속에서 얻을 것은 있었다.

수현은 가슴 아픈 경험을 통해 새로운 진전을 얻을 수 있었다.

진전으로 인해 정체되고 있던 인생 게임, 스타 라이프 시스템이 Phase 1에서 Phase 2로 업그레이드가 됐기 때문이다.

인생 게임, 스타 라이프가 Phase 2가 되면서 수현의 사고는 더욱 넓어지고 자유로워졌다.

그리고 그 엄청난 희열을 표현하고 싶었던 수현은, 당시 자신이 느낀 감정을 담아 처음으로 작곡이란 것을 했다.

작곡은 아이돌 데뷔를 준비를 하면서 잠깐 배웠지만, 인생 게임, 스타 라이프 시스템이 Phase 2로 업그레이드되면서 너무나 쉽게 곡을 완성할 수 있게 됐다.

부족했던 부분들이 보완되면서 자신의 능력으로 도달할 수 있는 최고 경지의 곡이 완성됐다.

그런데 언제나 이 곡을 사람들 앞에서 불러볼 날이 있을지 의아해 하며, 혼자 해변에서 작게 중얼거리고 있자 새로운 인연이 다가왔다.

이제는 절친이라고 말할 수 있는 존 존스였다.

새 앨범의 타이틀곡을 찾고 있던 존 존스는 수현이 작곡한 곡을 듣고는 그것을 구입하기 위해 갖은 구애를 다했다.

그런 존 존스를 지켜보던 수현은 자신의 자작곡이 미국에서 얼마나 인정받을 수 있는지 지켜보기 위해 그에게 곡을 넘겼다.

하지만 꼭 그 결과를 보고 싶은 건 아니었기에 수현은 홀가분하게 LA를 떠났다.

당연하게도 존 존스는 수현의 곡으로 성공을 했고, 수현을 찾아와 감사 인사를 하며 친구가 됐다.

후에 존이 수현이 작곡한 곡으로 성공을 했기에, 로열 가드는 미국에 진출할 당시 존 존스의 도움을 받아 성공적으로 안착할 수 있었다.

미국에서 이미 스타가 된 존이 자신이 속한 로열 가드가 미국 진출에 도움을 준 것은 자신이 그에게 곡을 판 것과는 많은 차이가 있었기에 조금은 미안한 생각도 들었다.

자신이야 자작곡이 미국에서 통할지 궁금했을 뿐이라 테스트라는 생각으로 도전해 본 것에 불과하지만, 존 존스는 스케줄을 조정하면서까지 로열 가드의 무대에 함께해 주었다.

그건 그저 계약으로 묶여 돈이 오가는 관계라면 절대 불가능한 일이었다.

서로의 신뢰가 두텁게 쌓이자 둘 사이는 그냥 친구라는

표현으론 설명할 수 없는 그런 관계로 발전했다.

오죽하면 수현에게 축하할 일이 생기면 부모님보다 먼저 전화를 걸어오는 게 존 존스였다.

물론 같은 미국 하늘 아래 있어 수현의 소식을 빠르게 접할 수 있다는 것도 한몫했지만, 매번 챙기는 것은 결코 쉽지 않은 일이었다.

존 존스의 의리는 아직도 식지 않은 모양인지 수현이 제임스 로렌스 감독의 신작에 주연으로 캐스팅되었다는 이야기를 듣고 가장 먼저 전화를 준 것도 그였다.

하나를 잃으면 하나가 채워진다는 말처럼, 수현은 연인으로 발전할 수도 있었던 최유진을 잃은 대신 미국에서 소울메이트인 존을 얻었다.

친구인 존 존스의 일이 떠오르자 로열 가드 멤버들과 함께 이름을 알리기 위해 진행한 미국 투어도 떠올랐다.

40여 개 도시들을 돌면서 로열 가드의 이름과 노래를 알렸다.

처음에는 팬들도 자신의 얼굴을 보기 위해 왔지만, 얼마 지나지 않아 로열 가드라는 이름을 알아주었다.

로열 가드의 멤버들 각각의 이름을 기억하는 건 물론이고, 자신들의 노래에 열광하며 함께 공연을 만들어 나갔다.

그리고 투어의 마지막을 장식할 뉴욕 공연, 수현은 이때 인생 게임, 스타 라이프 Phase 2가 Phase 1과 어떻게 다른지 알게 되었다.

Phase 1에서는 보통 사람들보다, 아니, 전문 스포츠 스타들 이상의 신체 능력을 가지게 해주었다면, Phase 2에서는 위기를 감지할 수 있는 육감을 주었다.

만약 수현이 깨달음을 얻어 인생 게임, 스타 라이프 시스템이 Phase 2로 업그레이드가 되지 않았다면, 로열 가드의 미국 투어의 마지막을 장식했을 뉴욕 공연은 실패로 돌아갔을 것이다.

그리고 어쩌면 2001년 발생한 9·11테러 이후, 뉴욕에 닥친 두 번째 최악의 테러 참사로 기록이 되었을 것이다.

그 정도로 당시 버클레이스 센터 지하에 놓인 차량에 실린 폭탄의 양은 어마어마했다.

바클레이스 센터의 사건을 해결했던 기억이 끝나가자 이번엔 미국에서의 또 다른 인연인 셀레나 로페즈가 등장했다.

셀레나의 얼굴이 떠오르면서 수현은 자신도 모르게 입가에 미소가 어렸다.

일련의 기억들이 순식간에 흘러가더니 다시 사장실에 모인 사람들의 얼굴이 눈에 들어왔다.

'아, 이제는 헤어져야 할 시간인 것이구나.'

의식적으로 떠오르지 않았으면 했던 생각이 다른 추억들의 가장 끝에 자리 잡고 있다 자연스럽게 모습을 드러냈다.

그동안 함께 웃고 울던 사람들과 헤어져 홀로서기를 해야 할 때가 온 것이다.

그나마 헤어짐을 언급하는 자리에서 서로 얼굴을 붉히고, 머리끄덩이를 잡고 싸우는 모습이 아니라서 정말 다행이었다.

정말 마지막까지 서로의 성공을 빌어주며 다음에 다시 만날 날을 기약하는 자리라는 것에 가슴이 벅차오르는 수현이었다.

"감사합니다."

수현은 별다른 수식어 없이 지심을 담은 말 한마디를 건네며 허리를 깊이 숙여 인사했다.

＊　　　　＊　　　　＊

찰칵찰칵.

서울 압구정동 킹덤 엔터 사옥 앞, 수많은 기자들과 방송국 차량이 진을 치고 로비 앞에 마련된 단상을 주시하고 있었다.

이들이 이렇게 모인 이유는 다름 아니라 킹덤 엔터로부터 기자 회견을 진행하겠다는 공문이 발송됐기 때문이다.

방송사나 신문사들은 얼마 전 미국발 희소식이 있었지만, 킹덤 엔터에서 아직까지 공식적인 발표를 하지 않고 있었기 때문에 외신 기사 이후로 후속 기사를 쓰지 못하고 있는 상황이었다.

그 이유는 바로 수현이 3년 전 조작 스캔들을 겪은 뒤, 자신에 대한 어떤 사항도 허가 없이 기사화 되는 것을 두고 보지 않겠다고 선언했기 때문이다.

이에 발맞춰 수현의 소속사인 킹덤 엔터도 허가 없이 무단으로 수현과 관련된 기사를 작성할 경우, 사안의 경중을 따지지 않고 모든 일에 법적 대응을 하겠다고 알렸다.

연예인이 언론을 상대로 이런 어처구니없는 주장을 했지만, 언론계는 찍소리도 내지 못했다.

이 모든 일은 자신들의 잘못으로 발생한 것이었고, 그에 대한 응징은 감내할 수밖에 없었다.

기자는 사실에 근거해 기사를 써야 함에도 불구하고, 일부 윤리 의식이 부족한 기자들이 협잡꾼과 손을 잡고 언론을 이용해 허위 사실을 유포했다.

물론 모든 기자들과 방송사 직원들이 부도덕한 언론인은 아니지만 그걸 일일이 구별해 자격증을 발급할 수도 없으니, 어쩔 도리가 없었다.

직접적으로 수현의 기사를 조작한 것은 아니지만, 사실을 확인하지 않고 방관한 잘못이 없다 할 수 없기 때문이다.

조작 스캔들 사태 이후, 킹덤 엔터는 수현이나 로열 가드에 대한 정보를 정말 가뭄에 콩 나듯 아주 조금씩 언론에 공개하기 시작했다.

처음에는 그런 킹덤 엔터의 모습에 언론이나 국민들은 킹덤 엔터와 수현을 욕했다.

아무리 언론이 잘못을 했다고 하지만, 연예인 주제에 너무 한다는 것이다.

아니, 이런 여론은 언론사에서 자신들의 힘을 가지고 여론을 조작하는 것이었다.

하지만 그렇다고 해서 킹덤 엔터와 수현이 흔들리는 모습을 보이진 않았다.

수현이야 어차피 국내 활동을 하지 않겠다고 선언을 한 상태였다.

그리고 킹덤 엔터도 외압으로 인해 많은 소속 연예인들이 계약을 해지하고 나간 상태였기 때문에 국내 언론에 신경 쓸 가치가 없었다.

남은 연예인 중 그래도 확실한 캐시 카우로서 남은 연예인이라고는 수현과 로열 가드, 그리고 몇 명의 배우들뿐이라 굳이 한국의 언론에 약한 모습을 보일 필요가 없었다.

더욱이 수현과 로열 가드가 해외에서 잘나가는 덕분에 오히려 수익면에서는 그리 많은 차이가 없었기에 킹덤 엔터도 여론의 압력에도 자유로울 수 있었다.

그렇게 시간이 흐르면서 수현과 로열 가드의 소식이 궁금한 팬들은 더 이상 참지 못하고 들고일어났다.

쓰레기 같은 기자들과 이에 놀아난 언론계 때문에 자신들이 좋아하는 스타가 국내에 활동을 하지 않고, 해외 활동을 하더라도 소식을 제대로 접할 수 없었기 때문이었다.

아무리 언론이 강력한 힘을 가지고 있더라도, 그 기반은 누가 뭐라 해도 시장경제 논리에 따라 소비를 담당하는 국민들이었다.

국민들의 지지가 사라진 언론도 더 이상 킹덤 엔터에 압력만 넣고 있을 수는 없게 되었다.

신문사나 방송국도 먹고살아야 하기에, 자신의 잘못을 인정하고 킹덤 엔터에 고개를 숙일 수밖에 없었다.

그래야만 킹덤 엔터에서 수현이나 로열 가드에 대한 정보를 풀어줄 것이기 때문이다.

사실 그들에 관한 정보는 모를 수가 없는 상황이었다.

발달된 인터넷으로 해외에서 활동하는 수현과 로열 가드의 소식은 언제든 접할 수 있었다.

하지만 그걸 알고 있다고 하더라도 수현과 킹덤 엔터의 허가 없이 신문이나 방송으로 내보낼 수 없을 뿐이었다.

만약 킹덤 엔터의 허가 없이 그들의 소식을 내보냈다가는 고소당해 소송의 당사자로 법원에 출석하는 것을 물론, 까딱 잘못했다가는 거액의 벌금까지 내야 하는 상황에 놓일 수 있었다.

다행히 킹덤 엔터의 사장 이재명은 그렇게 꽉 막힌 사람은 아니었다.

어차피 기획사를 운영하기 위해선 마음에 들지 않더라도 언론과 친한 척은 해야 했다.

그래야 팬들에게 회사에 소속된 연예인을 홍보를 할 수 있기 때문이다.

그래서 어느 정도 선에서 타협을 보았다.

만약 소속 연예인에게 어떤 불리한 정보를 접하게 될 경우 우선 킹덤 엔터에 알려주고, 회사 내부적으로 검토를 거쳐 기사화 여부를 결정하는 방식으로 협약을 맺었다.

물론 어떤 기획사라도 불리한 정보가 입수되면 무슨 수를 써서라도 기사화를 막는 것은 당연한 일이기에, 언론사나 방송국이 협약을 얼마나 성실히 이행할 것인지 장담할지 알 수 없었다.

그래도 일단 안전장치를 만들었기 때문에 킹덤 엔터는 수현과 로열 가드의 소식을 국내에 풀기 시작했다.

아무리 수현이 병적으로 국내 언론이라면 덮어놓고 경멸한다 하더라도, 회사 입장에선 언제까지 수현의 뜻에 따라 언론과 척을 지고 있을 수는 없었다.

게다가 언론 측에서 킹덤 언더와 소속 연예인들을 공격하기 위해 기사를 만들어 낸다고 하더라도, 협약을 들먹이며 역공을 가할 수도 있었다.

그 덕분이랄까.

킹덤 엔터를 찾은 언론사와 방송국의 관계자들의 모습은

전과는 조금 다르게 느껴졌다.

예전엔 뭔가 뜯어먹을 거라도 없나 주위를 두리번거리던 하이에나 같았다면, 지금은 완전히 기가 죽어 꼬리를 만 개 같이 느껴졌다.

"음……."

단상 위에 올라선 킹덤 엔터의 사장 이재명은 조금 불쌍하기까지 한 그들의 모습을 내려다보며 만족스러운 미소를 지어 보였다.

"크흠, 흠."

이재명 사장은 말문을 열기 전 이목을 집중시키기 위해 헛기침을 했다.

찰칵찰칵.

그러자 기자들은 이재명 사정의 동작 본능적으로 반응해 카메라 셔터를 눌러 대기 시작했다.

이재명은 그런 기자들의 모습을 잠시 지켜보다 천천히 입을 열었다.

"오늘 이 자리에 모여주신 기자님들에게 기대와 다른 이야기를 하게 되어 정말 죄송하게 생각합니다."

뭐가 죄송하다는 것인지 기자들은 순간 머릿속에 떠오르는 것이 없어 어리둥절했다.

도대체 무슨 이야기를 꺼내기 위해 뜸을 들이는지 그의 의도를 파악하기 힘들었다.

하지만 눈치 빠른 기자들은 벌써부터 머릿속에 여러 가지 시나리오를 써 내려가고 있었다.

'설마, 할리우드 진출이 무산됐나?'

그건 수현의 근황이었기 때문에 가장 쉽게 추측해 볼 수 있는 일이었다.

'수현과 셀레나의 관계가 틀어졌나?'

뭐, 이것도 수현의 연예사에 관심을 가지고 있다면 충분히 예측할 수 있는 범위였다.

하지만 이재명 사장이 전달하려는 내용은 그들의 예상을 한참이나 벗어난 것이었다.

"아마도 기자님들은 로열 가드의 리더인 정수현 씨가 할리우드에 진출한다는 소식을 듣고 싶어 찾아오셨을 것 같습니다. 하지만 오늘 발표할 내용에서 중요한 건 그게 아닙니다."

웅성웅성.

이재명 사장의 말이 끝나기 무섭게 기자들이 상황을 파악하기 위해 서로 의견을 주고받기 시작하자 로비는 순식간에 벌때가 날아다니는 것 같이 소란스러워졌다.

그도 그럴 것이, 이 자리에 나온 기자들과 언론사 직원들은 하나같이 며칠 전 울프 TV에서 수현이 한 이야기에 대해 공식 발표하는 자리라고 생각하고 있었기 때문이다.

그런데 그게 아니라는 말에 누구라도 사전에 정보를 얻은 사람이 있는지 확인하기 위해 꽁지에 불붙은 멧돼지마냥 가만히 앉아 있을 수가 없었다.

하지만 누구 하나 이재명 사장이 발표할 내용을 알고 있다고 나서는 사람은 없었다.

그러자 기자들은 말도 안 되는 방향으로 억측을 내놓기 시작했다.

'설마, 정수현이 방송에서 거짓말을 했다고?'

정말 그렇다면 희대의 특종 감이었다.

찰칵찰칵.

처음 이재명 사장이 단상 위에 등장했을 때와는 차원이 다른 속도로 카메라 플래쉬가 쉴 새 없이 불빛을 내뿜기 시작했다.

이에 이재명 사장은 잠시 표정을 찡그리긴 했지만, 기자들의 속내 정도는 파악할 수 있었기 때문에 얼른 그들의 머릿속에 펼쳐진 망상을 정정해 주었다.

"아아, 물론 정수현 씨가 할리우드의 거장 제임스 로렌스 감독의 제안을 받은 것은 사실입니다. 그리고 20세기 울프사에서 제작하는 영화에 캐스팅된 것도 맞고요."

그 순간, 로비를 하얗게 물들이던 빛은 눈 깜짝할 새 자취를 감추고 말았다.

"그러면 그렇지……."

자신의 속내를 감추지 못한 기자가 있는 모양인지 쥐 죽은 듯 조용한 로비를 작게 중얼거린 말소리 하나가 가로질렀다.

하지만 그건 기자들의 심정을 대변하고 있는 것이기에 지적하는 사람은 아무도 없었다.

게다가 이재명 사장은 기자들을 놀려먹는 재미가 쏠쏠했기 때문에 그저 웃어 보일 뿐이었다.

하지만 그 짧은 순간 보여준 기자들의 행동만으로도 그들이 믿을 만한 족속들은 아니라는 것을 다시 한 번 깨달았다.

그동안 수현이 보여준 모습 중에 남을 속이거나, 진실을 왜곡해 자신이 이득보는 행동을 한 적은 단 한번도 없었다.

더욱이 지금 수현의 활동하는 주 무대는 미국이기 때문에 그런 금방 탄로날 거짓말을 할 이유가 없었다.

이재명 사장은 아쉽다는 표정을 지어 보이고 있는 기자들의 얼굴을 일일이 기억 속에 각인시키며 다시 입을 열었다.

"오늘 제가 여러분께 전하려는 소식은 방금 전 언급한 정수현 씨에 대한 것입니다. 최정상 아이돌 그룹인 로열 가드의 리더이지자, 뛰어난 작곡가이며, 훌륭한 배우인 정수현 씨는 금일 오후 4시를 기점으로 저희 킹덤 엔터와 계약을 종료하였습니다."

억!

웅성웅성.

이재명 사장의 선언이 끝나는 순간 누구는 명치를 한 대 얻어맞은 것 같은 소리를 뱉어냈고, 누구는 자신의 귀가 잘못된 건 아닌지 확인하기 위해 주위 사람의 도움을 받는 중이었다.

킹덤 엔터가 그동안 홍보 자료만 보내더니 무슨 발표를 하려고 기자회견까지 열었는지 고대하던 기자들은 모두 패닉에 빠져 헤어나지 못하고 있었다.

그만큼 톱스타 정수현이 그동안 자신을 키워 준 소속사와 결별했다는 소식은 충격적이었다.

그도 그럴 것이, 그동안 정수현과 소속사인 킹덤 엔터는 전혀 트러블이 없었기 때문이다.

마치 물과 물고기처럼 킹덤 엔터는 수현이 마음 놓고 최고의 연예인이 될 수 있도록 서포트 했고, 수현은 최적의 조건에 마음껏 물장구 칠 수 있었다.

그렇게 이 둘의 관계는 서로가 서로에게 최고의 파트너였다.

특히 정수현이 스캔들에 휩싸였을 때, 이재명 사장과 킹덤 엔터의 전 직원들은 일치단결해 정수현의 스캔들이 조작된 것임을 증명했다.

만약 정수현과 킹덤 엔터간에 조금이라도 앙금이 있었다면, 아무리 수현이 정상의 스타였다고 하더라도 킹덤 엔터에서 방송국은 물론, 정치권과 척지면서까지 보호하진 않았을 것이다.

그런데 그동안 잘 지내던 둘의 관계가 이렇게 하루아침에 파탄이 날 줄은 아무도 예상하지 못했을 것이다.

웅성웅성.

"설마, 정수현이 할리우드에 진출한다고 킹덤 엔터를 버린 것입니까?"

급기야 기자들 속에서 정수현이 킹덤 엔터를 팽한 것이 아니냐는 질문이 나왔다.

"하하, 그런 것은 아닙니다."

이재명은 작게 웃어 보이며, 기자들을 애타게 만들었다.

"절대로 그런 것이 아닙니다. 그동안 정수현 씨가 보여준 것들을 생각해 보십시오."

이재명은 기자들로하여금 수현의 정직하던 모습들을 되새기게 만들었다.

"그는 팬들을 자신의 몸처럼 아끼고 사랑합니다. 그렇기에 언제나 팬들에게 모범이 되기 위해 행동해 왔습니다."

수현은 연예인이 된 뒤로 인기가 오르면서 엄청난 수익을 창출해 냈다.

처음엔 모델로 데뷔를 하긴 했지만, 얼마안가 아이돌 그룹으로 활동하게 됐다.

그래도 수연은 스케줄이 허락하는 범위 안에서 모델 활동도 꾸준히 이어 나갔다.

연예계에선 신인이었지만, 광고주들 사이에서 광고 섭외 1순위로 자리 잡을 정도로 수연의 홍보 효과는 어마어마했다.

그러다 보니 인기가 올라갈수록 그의 몸값 또한 가파르게 상승했다.

급기야 정상의 스타가 되었을 땐, 광고 한 편 당 수현이
받는 출연료는 억 단위를 가뿐히 넘겼다.

그리고 광고의 특성상 송출 기간이 길면 길수록 광고료는
배가 되기 때문에 수현이 한 해 벌어들인 수익은 데뷔 초를
제외하면, 매년 100억을 넘기는 일이 당연했다.

그렇다고 데뷔 년의 수익이 적었냐 하면 그렇지도 않았다.

신인임에도 불구하고 그해 수익이 60억 원이 넘었다.

물론 세금과 매니지먼트 비용을 제하기 전의 수익이지만,
뺄걸 뺀다고 해도 수십 억원이다.

그런데 그렇게 벌어들인 수익으로 사치와 향락 대신 부모
님에게 집을 사 드리고, 가게를 차려주었다.

그리고 남은 돈의 대부분은 사회에 환원했다.

게다가 자신을 위해 얼마간 남겨둔 금액도 대부분 자신을
사랑해 주는 팬들과 불우이웃에게 기부를 했다.

돈이 없어 치료를 받지 못하는 환자들이 있으면 기꺼이
치료비를 지원했다.

그렇게 많은 돈을 기부했음에도 불구하고, 수연의 자산은
착실하게 쌓이고 있었다.

아마 수현이 기부를 하면 할수록 복이 들어오는 것일지도
모른다.

수현의 선행은 굳이 나서서 밝히지 않더라도 하나둘 외부

에 알려지곤 했다.

그리고 그런 수현의 모습에 반한 새로운 팬들이 늘어나고, 기업들은 고정 팬이 많은 수현을 광고 모델로 선호했다.

이런 선순환 덕분일까.

수현이 기부하는 만큼 수익이 늘어나는 기이한 현상이 발생했다.

그런데 이런 사람을 모함을 했으니 처음 이런 소식을 접한 사람들은 배신감에 수현을 욕했다.

그런 수현을 쓰레기 언론과 음험한 정치꾼들이 협잡해 만든 조작된 스캔들로 모함했었다.

다행이 스캔들이 조작됐다는 것이 밝혀지며 이에 가담한 사람들은 더 이상 사회생활을 할 수 없을 정도로 신상이 공개되면서 사회적으로 매장을 당했다.

그런 정수현이 자신을 키워준 회사를 배신했다고 하면 팬들이 얼마나 실망할 것인가.

그리고 그 이유가 거장 제임스 로렌스 감독의 신작에 주연으로 출연하기 위해서란 소식을 접한다면 팬들에 대한 배신이고, 그동안 보여온 모습들이 전부 가식이라 생각하게 된다.

물론 수현이 정말 그렇게 생각하고 행동한 것은 아니었기 때문에, 그 부분을 명확하게 밝힐 필요가 있었다.

사실은 얼마든지 킹덤 엔터를 박차고 나가 홀로서기를 하더라도 충분히 성공할 수 있는 수현이었다.

그걸 킹덤 엔터와 로열 가드란 울타리 때문에 오히려 수현에게 짐이 되는 상황에서 회사와 멤버들이 먼저 나서 결단을 내렸다는 것으로 확실히 못을 박아 둘 필요가 있었다.

"저희 킹덤 엔터로서는 가슴 아픈 일이지만, 정수현 씨를 놓아주기로 결정했습니다. 이는 로열 가드 멤버들과도 많은 이야기를 거쳐 내린 결론입니다. 그리고……."

이재명은 이러한 결정이 수현의 독단적인 결정이 아니라, 모두가 머리를 맞대 고민한 결과임을 강조했다.

"이는 정수현 씨나 저희 킹덤 엔터, 그리고 남은 로열 가드 멤버까지, 모두를 위한 최선의 결정이라 생각해 결단을 내릴 수밖에 없었다는 점을 다시 한 번 말씀드립니다."

"그게 무슨 소리죠? 많은 사람들이 정수현 씨가 로열 가드의 리더로서 그룹의 인지도 중 절반을 넘게 차지하고 있는 것은 모두가 아는 사실입니다. 그런데 리더인 그가 탈퇴하게 된다면 남은 로열 가드는 어떻게 되는 겁니까?"

질문을 던진 기자는 마치 자신이 이런 일을 당하기라도 한 것처럼 몹시 억울한 표정으로 말했다.

발표를 하는 이재명이 볼 때, 그는 아마도 로열 가드나 정수현의 팬인 모양이었다.

"그렇습니다. 로열 가드의 리더 수현은 사실 그룹의 전부라 해도 과언이 아닙니다. 아니, 로열 가드 내에서도, 팬들 사이에서도 절대적인 존재입니다."

이재명은 방금 전 기자의 질문에 긍정의 대답을 했다.

로열 가드를 좋아하는 팬이라면 모두 같은 생각을 가지고 있었기 때문이다.

"로열 가드의 리더 수현은 아이돌이지만, 한편으로는 훌륭한 배우입니다. 작년까지만 해도 연기와 음악을 병행하며 활동할 수 있어지만, 올해부터는 사정이 여의치 않게 됐습니다."

이재명 사장은 긴장을 한 모양인지 단상에 한편에 놓인 컵을 집어 들어 목을 축였다.

"모두 아시다시피 정수현 씨는 '시티 오브 가더' 시즌 3에 출현할 예정입니다. 그리고 할리우드로 진출해 영화도 찍을 계획입니다. 올해 수현의 스케줄은 공식적으로 잡혀 있는 것만 드라마 한 편과 영화 두 편입니다."

쉴 새 없이 설명을 이어 나가던 이재명 사장은 잠시 말을 멈추고 숨을 골랐다.

그리고 다시 발표를 이어갔다.

"영화 한 편만 따져도 촬영 기간이 짧게는 3~4개월, 길게는 6개월 정도가 필요합니다. 그리고 수현이 출연하는 드라마 또한 영화 못지않게 길기 때문에 드라마와 영화에만 출현해도 스케줄이 꽉 찬다는 말입니다."

이재명 사장의 이야기가 길어질수록 장내에 있는 기자들은 그의 말에 수긍하는 것인지 점점 조용해졌다.

"그렇게 되면 수현을 제외한 다른 로열 가드 멤버들은 어떻게 되겠습니까? 원래 계획된 스케줄들을 취소하고 1년을 그냥 리더인 수현이 돌아오길 기다려야 할까요?"

수현의 계약 종료에 대한 설명을 이어 나가던 이재명 사장은 갑자기 기자들에게 질문을 던졌다.

"음……. 재작년처럼 리더 없이 활동을 한다는 선택도 있지 않겠습니까?"

기자들 속에서 누군가 질문에 대한 답을 들려줬다.

하지만 그건 이미 킹덤 엔터 간부들도 생각해 본 것이었다.

"물론 그런 방법이 있기는 하지만, 솔직히 그건 팬들을 기만하는 행위가 아닐까요?"

"네? 그게 무슨 말씀이십니까."

그럼 재작년에 로열 가드가 리더인 수현 없이 활동한 건 뭐라 설명해야 한단 말인가.

그때는 팬들을 기만하는 행위가 아니고 지금은 다르다고 주장하고 싶은 것일까.

기자들은 이재명 사장이 전달하고자 하는 바가 무엇인지 감을 잡을 수가 없었다.

그러자 이재명 사장은 속으로 혀끝을 찼다.

조금만 생각해 봐도 그때와 지금의 상황은 다르다.

리더 없이 활동해도 큰 문제가 없을 수 있었던 이유는 로열 가드의 리더인 수현이 부상을 당하면서 스케줄을 전면

중단해야 맞았지만. 팬들의 요청에 따라 리더 없이도 활동한 것이었다.

이제는 로열 가드는 한국에 국한된 아이돌 그룹이 아니었다.

전 세계적으로 알려진 최정상 아이돌 그룹이었다.

그런데 해외 활동을 하면서 리더는 다른 스케줄로 빠지고, 리더 없이 다른 멤버들끼리 로열 가드란 이름을 걸고 투어를 다닐 수는 없었다.

"당시에도 원래 계획은 리더인 수현도 함께 컴백을 하는 것이었지만, 중국에서 불의의 사고를 당하는 바람에 어쩔 수 없이 빠지게 된 것이었습니다."

"아!"

이재명의 해명이 있자 기자들도 당시 있었던 수현의 사고를 떠올리며 수긍했다.

"그럼 리더인 수현 씨가 빠지게 되는데, 로열 가드는 어떻게 되는 것입니까?"

남은 로열 가드 멤버들의 행보에 대한 질문이 나왔다.

"더 이상 로열 가드란 그룹은 없습니다."

헉!

질문에 대한 답변이 나오기 무섭게 다시 한 번 경악이 터져 나왔다.

불과 작년에 그 어렵다던 미국 진출을 성공적으로 마치고 돌아온 로열 가드가 공식적으로 해체가 되는 순간이었다.

"조금 전에도 이야기를 했던 것처럼 로열 가드란 그룹은 리더인 수현이 있기에 로열 가드인 것입니다. 수현이 그룹을 탈퇴하고 저희와 결별을 하게 된 상황에서 로열 가드의 이름은 더 이상 존재할 수 없습니다."

"그럼 남은 멤버들은 어떻게 되는 겁니까?"

"남은 멤버들은 유닛 그룹인 나이트 G와 나이트 D로 활동할 것입니다."

"아!"

남은 멤버들이 어떻게 활동을 할 것인지 설명을 들은 기자들은 고개를 끄덕였다.

사실 로열 가드의 멤버들은 리더인 수현이 없다고 해도 실력적으로 큰 문제가 없었다.

게다가 이미 전에도 유닛으로 활동한 경험이 있었다.

로열 가드라는 하나의 그룹일 때도 정상의 아이돌 그룹이었지만, 각자 성향이 비슷한 멤버들끼리 모은 유닛으로도 상당히 인기 있는 아이돌 그룹이었다.

그러니 조금 전 수현과 다른 로열 가드 멤버들의 미래를 위해서 결단을 내렸다는 이재명 사장의 말을 어느 정도 이해할 수 있었다.

"그렇다고 수현이 완전히 저희와 결별을 하는 것은 아닙니다. 해외 활동이야 앞으로 계약할 매니지먼트와 하겠지만, 한국에서의 활동은 저희 킹덤 엔터와 계속해 나가기로 합의를 하였습니다."

계속해서 계약에 관한 이야기 등이 이제명 사장의 입을 거쳐 자세히 알려지면서 기자들도 정수현과 킹덤 엔터가 계약을 해지하는 게 트러블 때문이 아니라는 것을 확실히 알게 되었다.

그저 각자가 더욱 발전해 나가기 위해 합의를 봤을 뿐이라는 것이었다.

킹덤 엔터가 한국에서야 대형 기획사이지만 세계로 봤을 때 아무리 좋게 봐줘도 그저 고만고만한 연예기획사일 뿐이다.

더욱이 수현이 활동하는 본무대는 아시아가 아닌 세계 연예계의 중심인 미국이었다.

이미 세계적인 스타들과 어깨를 나란히 하는 수현을 관리하기도 킹덤 엔터로서는 버거운 것이 사실이다.

이는 작년 한해 로열 가드를 미국에 진출을 시키면서 얻은 결론이기도 했다.

그런데 올해는 수현의 활동이 더욱 왕성해졌다.

킹덤 엔터로서는 그것을 감당할 자신이 없었다.

수현의 날개를 꺾어 새장 속에 가둘 작정이 아니라면 아쉽더라도 포기하는 것이 맞았다.

만약 수현이 벌어들을 수익을 욕심내어 끝까지 놓지 않았다면 아마 결국에는 수현도 잃고 로열 가드 멤버들도 잃었을 것이다.

소속 연예인들을 돈벌이 수단으로만 생각하는 기획사와 다시 재계약을 맺는 사람이 있을까.

수현의 재계약 기간은 1년 앞으로 다가왔고, 로열 가드의 멤버들은 고작 6개월이 더 남았을 뿐이었다.

킹덤 엔터가 욕심을 부렸다면 수현도 재계약을 검토하기 시작할 것이고 만약 계약이 불발된다면 로열 가드 멤버들이 수현을 기다렸던 1년의 기간은 어디 가서 보답 받을 수도 없었다.

소속사의 욕심으로 1년을 허비한 로열 가드의 멤버들도 수현처럼 재계약을 신중하게 검토할 것이다.

때로는 조금 손해를 보더라도 포기할 것은 과감히 손에서 내려놓을 용기도 필요한 법이다.

덕분에 킹덤 엔터는 아시아에서 활동하게 될 경우 무조건 킹덤 엔터와 계약하겠다는 수현의 약속도 받고, 로열 가드는 해체됐지만 유닛 그룹인 나이트 G와 나이트 D로 로열 가드의 명성을 이어 나갈 발판도 마련할 수 있었다.

Chapter 8

홀로서기

속보, 로열 가드는 없다.

201x년 1월 1x일 국내 최정상이자 세계적인 보이 그룹 로열 가드가 공식 해체 선언을 하였다.

로열 가드의 소속사인 킹덤 엔터 사장 이재명 씨는 오늘 오후 6시, 긴급 기자 회견을 가지고 세계적 명성을 가진 아이돌 그룹, 로열 가드가 금일 오후 4시 30분을 기점으로 해체되었다고 선언했다.

로열 가드가 해체된 배경에 대해 이재명 사장은 수현과 로열 가드가 서로 더욱 발전하기 위해서 어쩔 수 없는 결단을 내렸다고 설명했다. 하지만 일부 팬들 사이에서는 인기가 높아진 정수현 씨가 전속 계약이 끝나기 전부터 킹덤 엔터와의 재계약을 하지 않겠다는 의사를 내비친 것은 아니냐는 주장이 거론되고 있다.

로열 가드 해체, 그 이유는?

20xx년 1월 1x일 본지는 국내 최고의 엔터테인먼트사인 킹덤 엔터의 공식 요청으로 긴급 기자회견에 참석했다.

킹덤 엔터의 기자회견 발표 내용은 충격적이게도 국내는 물론이고, 세계적인 큰 성공을 거둔 로열 가드의 해체 소식이었다.

로열 가드는 7년 전인 200x년 x월에 리더 정수현, 보컬 박정수 등 열 명으로 데뷔했다.

이들은 각종 가요 프로그램은 물론이고, 예능에도 출연해 끼와 장기를 선보이며 일약 스타덤에 올랐다.

특히 리더인 정수현은 뛰어난 신체능력으로 당시 스타 등용문인 '도전! 드림팀'의 시즌 3에 출연해 신기에 가까운 모습을 선보였다.

그 모습에 반한 여자 연예인들은 사귀고 싶은 남자 연예인으로 하나같이 정수현을 지목하며, 그는 다른 동료들을 제치고 여자 연예인들이 사귀고 싶은 남자 연예인 순위에서 1위를 차지하기까지 했다.

이처럼 이미 국내에서 유명세를 얻은 아이돌 그룹이자, 지난해 미국 진출까지 성공적으로 마친 로열 가드가 해체될 수밖에 없는 배경으로 몇 가지 이유를 꼽을 수 있겠지만, 그중 가장 결정적인 요인으로는 리더인 정수현의 눈에 띄는 성공 때문인 것으로 풀이된다.

비록 킹덤 엔터 사는 정수현의 입장을 고려해 밝히지 않은 것으로 보이지만 동종 업계의 관계자에 따르면 이런 경우는 대부분 연예인이 과도한 인기를 얻은 뒤 소속사에게 일방적으로 계약 해지를 요구하는 것이라고 말했다.

중0스포츠 기자, 송xx.

수현, '난 노는 물이 달라!'

국내 최정상의 아이돌 그룹 로열 가드의 리더 정수현은 미국 활동을 하기 위해 소속사인 킹덤 엔터와 전격적으로 계약 해지했다.

익명의 소식통에 의하면, 정수현이 미국 영화계의 거장 제임스 로렌스 감독의 신작 영화에 캐스팅된 것은 사실이며 할리우드 영화에 출현한 적 없는 정수현의 입장에서는 분명 큰 기회였을 것이라고 말했다. 하지만 아무리 할리우드 진출이 급했다고 하지만 그를 믿고 의지했던 남은 멤버들을 생각했을 때 제안이 들어왔을 때 한 번 더 생각해 봐야 했다며 킹덤 엔터의 결정이 너무 성급했다고 전했다.

그리고 제임스 로렌스 감독의 신작이기에 거절하기 아까웠을 수도 있지만 아직 젊은 그에게 기회는 언제든지 찾아올 수 있다면서 한번 신뢰가 무너진 그룹은 더 이상 존재할 수 없기 때문에 이번 로열 가드의 해체가 결정된 것 같다고 예상했다.

겨우 정상의 자리에 오른 로열 가드가 해체되면서 남은 멤버들은 구심점이 되어줄 리더가 사라졌고, 킹덤 엔터에서도 더는 로열 가드라는 브랜드를 사용할 수 없게 됐다.

이재명 사장은 킹덤 엔터는 앞으로 정수현 없이 나머지 멤버들만으로 나이트 D와 나이트 G로 인원을 나눠 유닛으로만 활동하겠다고 말했다.

이는 경제적인 관점에서 봤을 때, 한 해 로열 가드가 음원 판매와 해외 투어로 벌어들이는 액수만 무려 수십억에 달하며, 한국의 브랜드 가치 상승과 관광 특수를 생각할 때 매해 수조 원 정도의 가치가 있는 것으로 파악되고 있다.

한 논평에 따르면, 로열 가드가 해체되면 직접적인 수익은 물론이고, K-POP에 대한 부정적 인식의 확산으로 수백억 정도의 국가적 손실이 발생할 것으로 예측된다.

때문에 이번 킹덤 엔터와 정수현 간의 전속 계약 해지는 한 사람의 이기적인 생각으로 다른 동료 연예인은 물론이고, 국가적으로도 막대한 손해를 끼칠 것으로 보인다.

조0일보 기자, 차xx.

*   *   *

스타라이트

킹덤 엔터는 긴급 기자회견을 가지고 최정상의 아이돌 그룹 로열 가드가 전격적으로 해체가 되었음을 선언했다.

그리고 동시에 로열 가드의 리더인 수현이 본격적인 해외 활동을 위해 소속사인 킹덤 엔터와 계약을 해지한다는 발표를 하였다.

하지만 킹덤 엔터의 발표는 수현과 로열 가드의 다른 멤버들, 그리고 소속사인 킹덤 엔터와도 원만하게 이야기가 되어 아름다운 이별이라고 발표했다.

하지만 이를 들은 기자들은 킹덤 엔터의 사장 이재명의 말을 그대로 받아들이지 않았다.

각자 자신의 주관을 담아 기사를 첨삭해 기사를 내보냈다.

일부 기사들은 킹덤 엔터의 발표대로 나간 것도 있지만, 대체적으로 최정상의 아이돌 그룹의 해체에는 뭔가 숨은 내막이 있을 것이란 인식이 지배적이었다.

영웅을 우상하면서도, 한편으론 그들의 추락을 염원하는 이중적인 잣대를 가진 인간의 본성을 자극하는 기사들은 빠르게 퍼져나갔다.

킹덤 엔터도 이런 상황 정도는 충분히 예상하고 있었다.

그래도 예전에 수현과 킹덤 엔터를 두고 자극적인 기사를 썼을 때보다는, 중도를 지키려고 노력한 흔적들을 곳곳에서 발견할 수 있었다.

고소 당하지 않으려면 기사를 쓰더라도 선을 넘지 않도록 조심해야 한다.

그면서도 독자들로 하여금 자신의 기사를 선택하게 만들 정도로 최대한 극단적일 필요가 있었다.

그러다 보니 음모론을 암시하는 것 같은 기사를 읽은 독자들은 수현의 팀 탈퇴와 계약 해지에 의심을 품을 수밖에 없었다.

때문에 수현이 미국 할리우드의 거장, 제임스 로렌스 감독의 신작에 출연한다는 이야기를 기다리며 흥분하던 국민들과 팬들은 순간 멘붕에 빠져버렸다.

바른생활 사나이, 살아 있는 부처 내지는 세계 5대 성인이라 불리던 수현이 자신들의 기대와 어긋나는 행동을 했다는 사실을 받아들일 수 없었다.

이 소식은 국내뿐만 아니라, 해외로도 빠르게 전파가 되었다.

그도 그럴 것이, 로열 가드와 수현은 이제 단순히 한국의 스타나 아이돌 그룹이 아니기 때문이다.

로열 가드와 수현의 명성은 미국의 톱스타들과 어깨를 나란히 하고 있었다.

작년, 세계 시장에 공식적으로 진출해 성공적으로 자리를 잡았는데, 이듬해 난데없이 그룹 해체를 선언했다.

그 배경에 대해 국내뿐만 아니라 해외에서도 관심을 보이는 것은 어쩌면 당연한 일이었다.

게다가 할리우드에서 수현을 바라보는 기대치가 올라가면서 덩달아 대중의 이목을 끌고 있었다.

단지 할리우드가 주목한 배우라는 사실만으로도 수현은 아시아인이라는 핸디캡을 가지고 있었음에도 불구하고 세계적으로 관심을 받고 있었다.

하지만 해외 언론이 수현에 대한 소식을 전하는 모습은 국내 언론과는 사뭇 달랐다.

보다 정확하게 소식을 전달하는 데 집중했기 때문에 기자의 주관은 거의 담기지 않았다.

딱 킹덤 엔터의 이재명 사장이 기자 회견을 하면서 전한 내용이 그대로 실리는 경우가 많았다.

하지만 어느 외신이나 기사 말미에 로열 가드가 전격 해체된 것에 유감을 나타낼 수밖에 없었다.

그리고 수현이 로열 가들를 탈퇴할 수밖에 없는 이유와 소속사인 킹덤 엔터와 계약 해지를 할 수밖에 없는 사정을 설명하기 위해 약간의 첨언은 불가피한 상황이었다.

그 와중에 수현의 탈퇴 배경에 대해 가장 신빙성 높고, 사실에 근접한 것은 미국의 언론사들이었다.

그들은 대게 수현보다 먼저 할리우드에 진출했던 다른 아시아 스타들이 단발성 이슈에 그치면서 제대로 자리를 잡지 못했다는 것에 주목했다.

그리고 수현이 같은 실수를 반복하지 않기 위해 자신에게 좀 더 도움을 줄 수 있는 미국 내의 기획사와 계약을 하려는 것이라는 예상을 내놓았다.

그러면서 수현이 할리우드 진출에 중점을 두면서 로열 가드의 활동에도 지장이 있었을 것이란 것도 정확하게 맞췄다.

리더의 부재는 이제야 제자리를 잡은 로열 가드에게 부정적인 뉴스일 수밖에 없었기 때문이다.

미국의 독자들은 신문 기사를 접하면서 고개를 갸웃거렸다.

솔직한 말로 소속사인 킹덤 엔터는 로열 가드가 정상적인 활동을 하건 말건, 수현이 할리우드에서 성공한다면 그만이라고 생각했기 때문이다.

매니지먼트 회사이기에 어느 쪽이 성공을 거두던 수익은 발생한다.

그래서 대략적으로 예상은 가능하지만 결과가 나와 보기까지는 어느 쪽 수익이 더 높을 것이라고 확신을 가질 수 없었다.

그렇지만 회사 입장에선 수현이 높은 수익을 거둘 수 있다면 그를 밀어주는 것이 맞았고, 로열 가드가 쪽이 더 큰 성공을 이룰 수 있다면 이쪽을 지원해도 상관없는 일이었다.

물론 어느 하나를 선택해야 하는 상황에서 다른 한쪽이 불만을 가질 가능성이 높을 수밖에 없었다.

할리우드에 진출을 하는 수현을 선택해 힘을 실어주게 되면, 반대로 남은 로열 가드 멤버들이 활동하지 못한다는 것에 불복할 수 있다.

반대로 수현의 할리우드 진출을 고사하고 로열 가드의 리더로 활동하라고 강요할 경우 수현이 불평할 수 있다.

진퇴양란의 상황에서 킹덤 엔터는 모두의 예상을 깨고 엄청난 결단을 내렸다.

그것은 바로 아직 계약 기간이 1년이나 남은 수현을 놓아주는 것이었다.

수현을 붙잡고만 있어도 천문학적인 수익이 보장이 됨에도 불구하고, 스스로 그 수익을 포기하고 수현과 로열 가드의 남은 멤버들이 꾸준히 발전할 수 있도록 아름다운 결별을 선택한 것이다.

기사를 접한 사람들 대부분은 대인배가 아니라면 할 수 없는 선택이라고 박수를 보냈다.

그러나 일각에선 이익을 추구하는 회사에서 내려선 안 되는 결정을 내렸다며 강하게 비판을 했다.

하지만 찬사를 보낸 사람들도, 질책을 쏟아낸 사람들도 소속사가 없는 수현이 어떤 기획사와 계약을 맺을 것인가

흥미를 가지고 지켜보기 시작했다.

그리고 사람들의 기대처럼 자유의 몸이 된 수현을 붙잡기 위해 물밑에서 조용한 암투가 시작되려 하고 있었다.

하지만 그 암투에 국내의 어떤 엔터테인먼트 회사도 참가하지 못했다.

가장 큰 이유는 수현이 국내 기획사들을 믿지 않기 때문이었다.

비록 오랜 기간 연예계에 있었던 것은 아니지만, 7년이라는 시간 동안 보고 겪으며 바가 있었다.

게다가 동료 연예인들과 이야기하면서 국내 기획사들의 갑질에 대한 악명은 차고 귀에 딱지가 앉을 정도로 충분히 들었다.

물론 현재 국내 어느 연예인들 대려와도 비교 불가의 위치에 있는 수현에게 갑질할 수 있는 기획사는 없을 것이다.

그뿐만 아니라 킹덤 엔터가 수현을 감당할 수 없기 때문에 계약을 해지한 것이기 때문에 수현이 다른 국내 기획사와 계약을 한다는 생각 자체가 없을 것이 분명했다.

이런 상황에서 국내 엔터테인먼트 회사들은 흘러가는 상황을 구경하며 손가락만 빨고 있어야 했다.

하지만 무식한 건지, 용감한 건지 알 수 없어도, 국내 엔터테인먼트 쪽에서 수현에게 접근해 계약만 해 준다면 킹덤 엔터보다 좋은 조건을 제시하겠다고 나서는 곳도 있었다.

그래서 수현은 킹덤 엔터가 계약 해지를 발표하고 얼마 안가 다시 미국으로 향했다.

그러자 수현과 미리 접촉해 다른 기획사들보다 우위를 선점하기 위해 부랴부랴 한국으로 향했던 관계자들은 닭 쫓던 멍멍이 꼴이 되고 말았다.

*　　　*　　　*

따르릉따르릉.

"여보세요."

따르릉.

딸깍.

"아니요, 전화 잘못 거셨습니다."

킹덤 엔터의 직원들은 계속해서 걸려오는 전화로 인해 하루 종일 정신이 없었다.

수현의 전속 계약 해지와 로열 가드의 전격적 해체의 소식을 들은 팬들이 킹덤 엔터에 항의 전화하는 것에 응대하느라 업무를 보지 못할 지경이었다.

아무리 수현과 다른 로열 가드 멤버들이 원만하게 합의를 했고, 회사 입장에서 손해를 보면서까지 계약 해지를 진행할 수밖에 없었다고 설명해도 팬들은 킹덤 엔터의 이야기를 듣지 않으려 했다.

그동안 국내 연예 기획사들이 아이돌 그룹 해체나, 소속 연예인과 계약 해지를 할 때 어떤 짓을 했는지 뻔히 알고 있는 팬들이었다.

불공정 계약으로 막대한 수익을 얻으면서도 재계약 시즌이 돌아오면, 다시 어처구니없는 계약서를 들이미는 게 일상이었다.

이를 연예인이 받아들이지 않으면, 이런저런 이유를 가져가 붙이며 연예인의 이미지에 흠집을 냈다.

그리고 기획사의 방해로 정상적인 활동을 하지 못하게 되면 연예인 생활을 포기해버리는 경우가 허다했다.

그리고 나서 아주 가증스럽게 자신들은 욕심 많은 연예인 때문에 피해를 본 것처럼 코스프레했다.

그렇게 팬들은 기획사가 밝힌 표면적인 이야기를 믿었다가, 뒤늦게 진실을 알게 되는 경우가 빈번했다.

이미 오래 전부터 비슷한 경험을 해 왔기 때문에 수현과 로열 가드의 팬들은 이번에도 킹덤 엔터가 말하지 않는 속사정이 있으리라고 착각하고 말았다.

그리고 어느 정도 선은 지켰다고 하지만, 국내 언론사에서 나간 억측이 담긴 시가를 접한 팬들도 있었기 때문에 의심을 가져볼 만한 상황이기도 했다.

그래서 킹덤 엔터의 결정을 뒤집기 위해 힘을 모아 최선을 다한 노력을 하고 있었다.

"아닙니다, 저희의 역량으로는 본격적으로 할리우드에 진출을 하는 수현 씨를 제대로 케어해줄 수 없기 때문에 이런 결정을 내릴 수밖에 없었습니다. 다른 멤버들을 위해서도 그것이 옳다고 생각했습니다. 정말로 수현 씨와 다른 멤버들 모두를 위한 결정이고, 합의 없이 진행됐다는 건 헛소문일 뿐입니다."

성동근 대리는 로열 가드의 팬클럽 회장의 거친 항의에도 차분한 목소리로 정중하게 설명을 이어 나갔다.

아이돌 그룹 팬클럽 회장이 무슨 권한을 가진 사람인 것은 아니다.

하지만 팬클럽 회장이라 함은 팬들의 수장이면서 그들의 의견을 대변하는 사람이었다.

그렇기 때문에 아이돌 그룹의 소속사에서는 일반인에 불과한 팬클럽 회장이라도 눈치를 볼 수밖에 없다.

더욱이 신인 아이돌 그룹의 팬클럽 회장도 아니고, 세계적인 그룹이던 로열 가드의 팬클럽 회장의 전화였으니 홍보부 대리인 성동근은 성질을 죽이고 응대할 수밖에 없었다.

그는 차근차근 수현이 회사와 계약 해지를 할 수밖에 없던 배경과 남은 로열 가드 멤버들의 거취 등 여러 가지 고려해야 할 점들을 조목조목 설명을 해주며 이해를 돕기 위해 노력했다.

하지만 그런 노력이 무색하게 전 로열 가드 팬클럽 회장은 한참만에야 화를 풀고 상황을 이해하기 시작했다.

그리고 너무 섭섭하다는 말을 남기고 전화를 끊었다.

하지만 그 뒤로도 성동근 대리의 업무는 끝날 기미가 보이지 않았다.

팬클럽 회장의 전화가 끊기기 무섭게 또 다른 항의 전화가 걸려왔기 때문이다.

성동근 대리는 조금 전 팬클럽 회장에게 했던 설명을 다시 한 번 반복했다.

하지만 이야기를 다 듣고도 막무가내로 로열 가드를 해체하지 말라고 억지를 쓰는 팬들도 있었다.

설명을 듣고 이해하며 전화를 끊는 사람은 양반이었다.

성동근은 그저 홍보부의 대리일 뿐이었다.

왜 자신을 붙잡고 로열 가드를 유지해야 한다고 악을 쓴단 말인가.

성동근은 로열 가드의 팬들에게 이재명 사장의 휴대폰 번호를 공개하고 싶은 마음을 꾹 눌러 담을 수밖에 없었다.

수현의 계약 해지는 이미 결정된 사항이라 설사 자신이 대통령이어도 손쓸 수 없는 일이었다.

평양 감사도 하기 싫으면 그만인데, 개인의 자유를 보장하는 민주주의 국가에서 무슨 수를 써도 수현의 탈퇴는 번복할 수 없었다.

하지만 이런 상황도 다 스타를 동경하는 팬들의 마음이라는 것을 알기 때문에 성동근은 그저 맡은 일에 최선을 다할 뿐이었다.

따르릉따르릉.

성동근 대리가 진땀을 흘리며 팬들의 항의 전화를 받는 와중에도 킹덤 엔터 사무실의 전화벨 소리는 멈추지 않았다.

*　　　*　　　*

로열가드포에버 : 갑자기 탈퇴라니요. 단장님, 다시 돌아오세요.

카멜롯의전설 : 기사단장님이 탈퇴했어도, 남은 멤버들은 그냥 전처럼 9인 체제로 가면 안 되나요?

가웨인 : 이제 정상인데, 왜 이런 선택을 했는지 몰라도 너무 아깝다. 언제 또 로열 가드처럼 빌보드에 이름을 올리는 아이돌 그룹이 나올까?

ㄴ 수현사랑 : 로열 가드가 우리도 할 수 있다는 것을 보여주었으니, 언젠가는 또 나오겠죠. 그래도 당분간은 아무래도 힘들겠죠?

ㄴ 국뽕디진다 : x새끼들 물고 빨지 마라. 정수현이 킹덤하고 로가 뒤통수 친 거다. 미국에서 드라마 성공하고, 훈장 받으니까 일부 로가빠들이 그놈 빨아대던 것처럼 미국 놈들도 정수현 존나

홀로서기　267

빨아대니까, 이젠 기획사랑 찌끄레기들은 필요 없어져서 계약 기간 1년이나 남았는데 해지하고 날은 거다.

　　ㄴ 내가왕이다 : 와! 국뽕디진다 ? 아직도 이런 넘이 남아 있네, 너 고소미!

　　ㄴ 국뽕디진다 : 뭐, x신아. 내가 틀린 말 했냐?

　　관종out : 관종에게 먹이를 주지 마세요. 국뽕시끼 관종 오지네.

　　ㄴ 국뽕디진다 : 너나 아웃이다.

　　킹아서 : 여긴 로열 가드 공식 카페 게시판입니다. 험담이나 싸움은 나가서 하세요.

　　수현마눌 : 국뽕 찌끄레기 나가라. 너 같은 일x 놈들은 니들 놀이터 가서 놀아라!

　　수현의 그룹 탈퇴와 전속 계약 해지에 대한 뉴스가 나가자 팬들은 하나같이 경악하며 인터넷 뉴스마다 자신들의 안타까운 심정을 담아 댓글을 남겼다.

　　하지만 사라진 듯하던 악플러들이 수현이 킹덤 엔터와 전속 계약을 해지를 했다는 소식을 접하고 악의적인 댓글을 달기 시작했다.

　　물론 킹덤 엔터에서 악플들을 검열하고 수위에 따라 경고를 했다.

스타일라이트

그리고 1차 경고 후에도 글을 내리지 않거나 또다시 악플을 작성할 경우 모아둔 증거를 가지고 고소장을 작성했다.

비록 수현과 전속 계약을 해지하면서 로열 가드는 해체하게 됐지만, 팬 카페는 폐쇄하지 않고 유지하기로 결정했다.

아직 전 로열 가드 멤버들이 남아 있기도 했지만, 킹덤 엔터 역사상 한 획을 그은 아이돌 그룹인 로열 가드를 기념하기 위해서였다.

더욱이 이재명 사장은 수현과 전속 계약을 해지했지만, 나중에라도 수현이 돌아와 로열 가드를 재결성 할 수 있도록 여지를 남겨둔 것이다.

현재는 서로를 위해 이별하지만, 시간이 흐른 뒤 서로에게 여유가 생겼을 때, 다시 재결합을 하자는 이야기도 나눴기 때문이다.

더군다나 이제 나이트 D와 나이트 G로 활동하게 된 남은 멤버들도 따로 팬 카페를 개설하지 않고 기존의 로열 가드 팬 카페에 카테고리를 만들어 활용하기로 결정을 하였다.

킹덤 엔터로서는 로열 가드와 수현 팬들의 이탈을 막고 그들의 관심을 고스란히 이어받자는 취지였다.

실제로 수현이 계약 해지하고 미국으로 떠났지만, 로열 가드의 팬 카페의 가입자 수는 크게 떨어지지 않았다.

그리고 대다수는 다른 아이돌 그룹을 찾기보다 나이트 D

와 나이트 G가 앞으로 어떤 활동을 보여줄지 기대하기 시작했다.

이는 수현이 직접 팬 카페에 남긴 글 덕분이었다.

수현은 자신의 상황을 글로 올리며 비록 회사와 계약을 해지하고 떠나게 됐지만, 남은 동생들과 회사를 응원해 달라고 부탁했다.

그리고 자신은 언제나 로열 가드의 기사단장으로서 종종 공식 카페에 인사말을 남기겠다는 것을 끝으로 장문의 글을 마무리했다.

그러니 팬 카페에 대한 관리도 계속해 나가면서 바퀴벌레급 생명력을 가진 악플러들을 처단할 필요가 있었다.

아마 얼마 안 가 몇몇 악플러들은 경찰서에서 만나볼 수 있을 것이다.

물론 선처는 없다.

$$* \qquad * \qquad *$$

"뭘 그렇게 보고 있어요?"

한참 한국 언론사에서 작성된 자신에 대한 뉴스를 보고 있던 수현의 곁으로 셀레나 로페즈가 다가와 질문했다.

자신이 온 것도 모를 정도로 태블릿 화면만 뚫어지게 보고 있는 수현의 관심사가 무엇인지 궁금했기 때문이다.

"응? 언제 왔어?"

"방금, 그런데 뭐 보고 있던 거야?"

셀레나는 수현의 물음에 간단하게 대답을 하고 다시 한 번 물었다.

"아, 별거 아냐. 한국에서 올라온 기사야."

얼버무리듯 말하는 수현의 모습에 셀레나는 그가 뚫어지게 보고 있던 뉴스가 무슨 내용인지 짐작할 수 있었다.

"자기 기사 읽고 있던 거야?"

"응, 그룹도 탈퇴하고 회사와 계약 해지까지 하고 나왔으니까. 분명 팬들 사이에서도 의견이 갈리겠지. 그래도 어떻게 이야기가 진행되고 있는지 궁금하기는 해서."

"그렇구나, 그래도 악플 같은 건 너무 신경 쓰지 말아요."

셀레나는 혹시나 수현이 팬들이 다는 악플에 상처를 받을까봐 걱정이 되었는지, 조심스럽게 위로했다.

그런 셀레나의 배려에 수현은 밝게 웃어 보였다.

"괜찮아, 단지 팬들의 생각이 궁금할 뿐이니까. 오히려 악플러들이 날 조심해야 할 걸."

"응? 그게 무슨 소리에요?"

"응, 난 절대로 그런 짓을 두고 보는 성격이 아니거든."

"그럼?"

"맞아, 스타라는 건 이미지를 먹고사니까, 내 이미지가

더럽혀지는 것을 그대로 좌시할 생각은 없어."

수현은 연예인이란 직업에 대해 객관적으로 바라보았다.

연예인이란 직업이 팬들의 관심과 사랑을 받아야 존재할 수 있다고 하지만, 그렇다고 말도 안 되는 악의까지 모두 수용할 생각은 없었다.

이유 없이 악의를 품고 공격하는 사람까지 팬이라고 여기지 않는 수현이었다.

수현은 다른 이를 존중할 줄 모르는 사람은, 존중 받을 필요가 없다고 생각했다.

고로 악성 댓글을 다는 악플러들은 존중할 가치가 없었다.

그런 악성종양 같은 놈들은 하루도 쉬는 법이 없는 모양인지, 오늘도 기사를 보는 와중에 몇몇 눈에 거슬리는 댓글이 보였다.

자신이 한국을 떠나 미국에서 활동한다고 해서 한국의 뉴스에 관심을 끊고 사는 것은 아니다.

나라님 없는 곳에선 욕도 한다지만, 한국에는 아직 수현의 부모님과 지인들이 살고 있다.

잘못한 것도 없이 그런 악의 때문에 부모님이과 지인들이 마음의 상처를 입을 수도 있기에 수현은 악성 댓글 좌시할 생각이 전혀 없었다.

칼과 같은 흉기는 조심해서 피하면 그만이지만, 악플은

익명의 뒤에 숨어 타인의 정신과 마음에 상처를 입히는 아주 흉악한 짓이다.

그러니 본인이 쓴 글에 대한 대가를 철저하게 물게 할 생각이다.

"셀레나도 만약 그런 악의적인 글이 올라온다면, 그냥 참지 말고 증거를 모아서 고소해."

수현은 단호한 표정으로 조언했다.

"하지만 연예인이 보기 싫은 글을 올렸다고 고소를 하면, 이미지에 타격을 받을 거야."

수현의 조언에도 셀레나는 조심스러운 반응을 보였다.

"물론 처음에는 그럴 거야. 하지만 근거 없는 비방을 굳이 참을 필요가 있을까? 이미지에 타격을 받는다는 이유로 외면하다가, 그 헛소리가 사실처럼 굳어지면 어떻게 할 생각이야?"

수현은 자신의 생각을 다시 한 번 설명을 했다.

그런 수현의 말에 잠시 생각을 하던 셀레나가 대답을 하였다.

"그도 그렇겠구나."

자신이 무엇을 놓치고 있는 것을 깨달은 셀레나는 수현의 조언을 긍정적으로 받아들였다.

하지만 실제로 그 상황이 닥쳤을 때, 수현처럼 행동할 자신은 없었다.

"전에 킹덤 엔터에 있을 때는 회사에서 그런 악플들만 관리하는 부서가 따로 있어서 편했는데, 여기서는 어때?"

수현은 셀레나를 보며 물었다.

"응? 아마 요청을 한다면 그런 부서를 만들 수도 있지 않을까?"

셀레나는 수현의 말처럼 그런 부서가 있으면 좋겠다고 생각했다.

만약 수현이 계약을 할 때 악플 전담 부서에 대한 조항을 넣는다면, 수현과 계약한 매니지먼트 회사는 해당 조항을 성실히 이행할 수밖에 없을 것이다.

셀레나도 이참에 수현처럼 계약서에 악플 전담 부서를 원한다는 조항을 넣어야겠다고 생각했다.

'나도 계약서를 다시 작성해야겠어.'

비록 비용이 조금 더 들어가겠지만, 상관없었다.

괜히 악성 댓글에 시달리기 보단, 돈을 내더라도 직원을 두고 관리하는 것이 정신 건강에 훨씬 이로웠기 때문이다.

사실 악의적인 댓글은 한국뿐만 아니라 전 세계 어디나 마찬가로 골머리를 앓고 있는 문제였다.

사람의 말은 그 자체로 힘을 가지고 있다.

단지 혀끝에서 한 단어가 흘러나온 것에 불과하더라도 다른 사람에게 영향을 미치기에 충분했다.

그렇기 때문에 말과 글은 때로는 따뜻한 봄바람처럼 힘들어 하는 이들에게 위로가 되기도 하지만, 반대로 차가운 비수가 되어 사람을 불행하게 만들 수도 있었다.

그리고 그건 특별한 사람들만 겪는 예외적인 일이 아니라, 우리 주변의 모든 이들에게 해당이 되는 것이었다.

어떤 사람은 의지가 강해 악플에도 쉽게 동요하지 않고 흘려보내지만, 대부분의 사람들은 악성 댓글을 쉽게 잊지 못하고 마음에 담아두고 있다 병이 되는 경우가 많았다.

때로는 병이 깊어져 잘못된 선택을 하는 경우까지 발생한다.

이런 일들이 비일비재하게 일어나는 곳이 연예계다.

팬들의 평가에 민감할 수밖에 없는 직업이기 때문에 팬들의 지적 하나하나에 반응할 수밖에 없다.

수현이 한국에 있을 때, 몇몇 여성 연예인들이 악플러들의 악의적인 글에 무너져 삶을 포기하고 마는 모습을 지켜봤다.

연예인이 유명하든 무명하든 그들에겐 중요하지 않았다.

그저 아무 이유 없이 악의를 쏟아낼 대상이 필요할 뿐이었다.

그러다 붙잡히면 되도 않는 변명을 늘어놓는다.

자신의 악의적인 글 때문에 삶을 비관해 극단적인 선택을 한 사람에게 잘못을 빌기보다, 그런 선택을 한 사람이 문제지 자신은 결백하다고 주장한다.

그러다 고소장이 접수되고 수사가 시작되고 나서야 잘못을 반성한다며 선처를 요구한다.

그저 지금의 위기를 모면하기 위해 또다시 거짓으로 점철된 가면을 쓰고 동정어린 표정을 연기할 뿐이다.

그 모습에 속아 용서를 해주면, 언제 그랬냐는 듯 다시 익명이 보장된 인터넷으로 돌아가 같은 짓을 반복한다.

그 모습을 지켜본 수현은 처음부터 자신과 주변인들에게 악의를 품은 악플러들을 용서하지 않았다.

수현은 악플러란 이름 앞에 남녀노소를 구분하지 않았다.

그래서 수현에게 호감을 가지고 있던 사람들조차 그가 너무 심하다는 말이 나오기도 했다.

그럼에도 수현은 절대 타협하지 않았다.

본인이 한 일에 대해 본인이 책임을 져야 한다고 생각했기에 뜻을 굽히지 않았다.

그렇게 몇 번의 고소를 치루고 나니, 그 뒤로 수현이나 지인들에 대한 비방은 찾아볼 수 없게 됐다.

팬이라고 해서 용서해 주는 것이 능사가 아니다.

팬이 올바른 길로 갈 수 있게 해 주는 것이 연예인으로서 다해야 할 소임이라 생각했다.

똑똑.

셀레나와 이야기하고 있는데 노크 소리가 들렸다.

갑작스러운 노크 소리에 수현과 셀레나는 소리가 들린 곳으로 고개를 돌렸다.

그곳에는 정장을 단정하게 차려입은 50대 중, 후반의 남자가 서 있었다.

"제이미, 언제 왔어요?"

셀레나는 그를 보자 얼른 자리에서 일어나 그에게 다가갔다.

쪽쪽.

양 볼을 맞대고 비쥬를 하였다.

아무리 개방적인 미국이라 하지만 아주 친한 사이가 아니면 절대로 그런 인사를 하지 않는다.

수현은 자신의 연인인 셀레나가 처음 보는 사내와 비쥬를 나누는 모습에 눈을 반짝였다.

"수현 씨, 인사해요. 절 연예계로 인도해 준 제이미에요. 제이미, 이쪽은 제가 설명하지 않아도 아시겠죠?"

셀레나는 아주 어린 시절에 연예인을 꿈꿀 때, 자신을 연예계로 인도해 준 매니지먼트 사장인 제이미 왓슨을 수현에게 소개를 해주었다.

원래 소개를 할 때는 서로에게 상대의 이름을 들려주며 소개를 하는 것이 기본인데, 셀레나는 수현에게는 제이미의 이름을 알려주면서 제이미에게는 수현의 이름을 말하지 않았다.

그건 자신의 연인인 수현이 유명하기 때문에 매니지먼트

회사를 운영하는 제이미는 당연히 수현의 이름을 알고 있으리라 생각했다.

물론 제이미도 수현이 누구인지 아주 잘 알고 있었다.

모를 레야 모를 수가 없는 사람이 바로 수현이지 않은가.

올해 할리우드에 처음 진출하면서 무려 거장 제임스 로렌스 감독이 집필한 신작 영화에 단독 주연으로 캐스팅됐다는 것 하나만으로도 수많은 이들의 주목을 받고 있었다.

하지만 제이미가 주목하고 있는 부분을 그쪽이 아니었다.

할리우드가 기대하는 제임스 로렌스 감독의 신작 영화의 주인공이 소속사가 없었는 게 더 중요하다.

그건 마치 들판에 주인 없는 양이 풀을 뜯고 있는 것과 마찬가지였다.

누가 됐든 먼저 가서 잡으면 되는 것이다.

때문에 미국에서 매니지먼트를 하고 있는 관계자들에게 수현은 경쟁자들 보다 먼저 계약만 할 수 있다면 악마에게 영혼이라도 팔 수 있다는 말까지 하게 만들었다.

그런데 제이미는 그런 소식을 접하고 있었지만, 자신과는 상관없다고 생각했다.

수현의 뒤에는 이미 울프 미디어 그룹이 있음을 잘 알고 있기 때문이다.

그래서 그는 수현이 울프 미디어 그룹 산하에 있는 매니지먼트 회사와 계약을 할 것으로 알고 일찌감치 포기하고 있었다.

그런데 느닷없이 셀레나로부터 연락이 왔다.

수현이 현재 매니지먼트 회사와 계약을 하려고 하는데, 잘 아는 곳이 없다는 것이다.

그러면서 자신이 맡아줄 수 없냐고 물어왔다.

제이미는 자신에게 기회가 올 것이라고 꿈에도 생각지 못하고 있다가 마른하늘에 돈벼락을 맞았다.

물론 아직 정식 계약을 한 것은 아니지만, 계약하기만 하면 100만 달러 이상의 수익을 올릴 수 있으리란 게 제이미의 예상이었다.

그래서 셀레나의 소개로 계약하기 위해 총알처럼 날아오기는 했지만, 조심스럽게 수현을 살피는 제이미였다.

Chapter 9

의리

수현은 제이미가 준 계약서 내용을 꼼꼼히 살폈다.

아무리 셀레나의 소개가 있었다고 하지만, 미국은 계약의 나라이지 않은가.

단어 하나라도 잘못 읽고 계약했다가는 자칫 코가 꿰일 수 있었다.

한국도 그렇지만 미국은 그런 사례가 더욱 심했다.

때문에 계약을 할 때는 꼭 변호사를 입회하에 하는 것이 좋다.

다행히 제이미는 셀레나가 소개한 만큼 계약자가 어수룩하다 해서 속이는 사람은 아닌 듯했다.

계약서 내용은 그런대로 괜찮았다.

셀레나의 소개라고 해서 더 좋은 조건이 있는 것도 아니었다.

특히 눈길을 끄는 것은 한국처럼 정에 이끌려 스케줄을 잡는 것이 아니라는 것이었다.

철저하게 서로 상의를 거쳐 스케줄을 잡는 것으로 명시돼 있었다.

즉, 수현이 스케줄이 마음에 들지 않았을 때도 일방적으로 취소하는 것이 아니라, 서로 의논해 결정해야 하는 것이다.

한국은 현재 수현 정도의 톱스타라면, 정해진 스케줄마저 마음대로 밀고 당길 수 있었다.

오늘은 촬영할 기분이 아니라는 말 한마디면, 방송사와 기획사를 무릎 꿇리고 싹싹 빌게 만들기 충분했다.

그런 점은 한국과 미국이 참 다른 것 같았다.

'괜찮네.'

계약서의 약관을 살펴본 수현은 그런대로 만족할 만한 계약서란 판단이 섰다.

"좋습니다. 다만 여기 몇 가지 조건을 조금 바꿨으면 하는데, 가능하겠습니까?"

수현은 다른 조건들은 다 괜찮았는데, 국외 스케줄에 관해선 조금 손을 봐야 할 것 같다고 생각했다.

이는 자신의 앞날을 위해 먼저 전속 계약 해지를 결정내린 킹덤 엔터와의 의리 때문이었다.

킹덤 엔터와 전속 계약을 해지할 때 언급했던, 한국에서 활동할 때는 매니지먼트를 자신들에게 일임해 달라는 내용 때문이다.

"그런 것이라면 좋습니다. 사실 저희도 한국에 지사가 있는 것도 아니기에 한국에서 영화 홍보 같은 스케줄을 하게 되면, 한국의 매니지먼트 회사와 협업 계약을 맺어야 하니까요. Mr. 수현이 그런 부분을 먼저 챙겨주시니 감사합니다."

제이미는 그렇지 않아도 한국인인 수현이 미국이나 유럽이 아닌 다른 나라에 스케줄 차 출국했을 때, 어떻게 해야 할지 궁리하고 있었다.

북미 대륙이나 남, 북아메리카 대륙 정도야 제이미 회사의 영향력만으로 충분해서 현지 매니지먼트와 따로 협업을 하지 않아도 충분히 케어가 가능했다.

유럽의 경우도 미국으로 진출하는 예비 스타들이 많아 지사를 두고 있기 때문에 걱정할 필요가 없었다.

하지만 아시아 시장만큼은 그렇지 못했다.

중국이나 인도처럼 거대 시장도 있는데다, 미국이나 유럽과는 연예계 계약 방식이 달르기 때문에 지사를 설립해 봐야 그리 큰 이익이 발생하지 않았다.

수익이 보장이 된다면 충분히 지사를 설립하겠지만, 들어가는 자금과 노력에 비해 인재풀도 좋지 못하고 법적으로도 불리했다.

게다가 자칫 잘못했다간 공들여 기업을 설립하고도 현지인에게 회사를 고스란히 뺏길 수도 있어 지사 설립을 하지 않았다.

물론 수현의 출신 국가인 한국은 아시아 국가 중에서 미국과 비슷한 환경을 가지고 있지만, 한국은 인구나 연예계 규모가 지사를 설립할 정도는 아니었다.

지사 설립보다는 현지 매니지먼트 회사나 연예 기획사와 협약을 맺어 수익의 일부를 넘기고 도움을 받는 편이 훨씬 이득이었다.

솔직히 한국의 매니지먼트 회사는 인건비가 싸서 그런지, 많은 액수를 계약금으로 지불하지 않기 때문에 시장 규모에 비해 벌어들이는 이득이 컸다.

때문에 할리우드의 유명 스타나 팝 뮤지션들이 해외 투어를 할 때, 한국을 넣는 경우가 많았다.

이런 점들을 고려해 제이미도 앞으로 아시아권 진출을 위해 한국의 기획사와 협업을 고려하고 있었다.

한국의 여러 기획사들을 비교하던 차였는데, 수현이 먼저 킹덤 엔터를 소개시켜 준다 하니 좋은 기회라는 생각이 들어 흔쾌히 수락을 했다.

"제이미, 저도 그렇게 해주세요."

수현이 계약하는 것을 지켜보던 셀레나도 얼른 나섰다.

자신도 수현처럼 한국에 가게 된다면 한국의 다른 연예사보다는 킹덤 엔터의 매니지먼트 지원을 받고 싶어 했다.

셀레나 로페즈가 그런 요구를 하는 이유는 전적으로 수현의 영향도 있지만, 현재 그녀는 톱스타 정수현의 연인으로 한국에서 이름을 알린 상태다.

때문에 전에는 몇몇 팝스타를 좋아하는 일부 팬들만 그녀의 이름을 알고 있었지만, 이제는 수현의 연인으로 더 많은 관심 받고 있었다.

그러면서 한국에도 셀레나의 팬 카페가 생겼는데, 그녀의 팬 카페는 수현의 팬 카페와 연동되어 있었다.

그러다 보니 외국인이지만 셀레나도 웬만한 톱스타 못지 않은 한국 팬을 가지게 됐다.

그러자 셀레나가 월드 투어를 할 때, 종종 팬 카페에 일본만 가지 말고 한국에도 들려달라는 글들이 작성되곤 했다.

그녀도 할 수만 있다면 한국에서 공연하고 싶었다.

수현을 보기 위해 한국에 갔을 때, 팬들이 보여준 성원이 너무도 뜨거웠기 때문이다.

처음에는 그게 수현 때문이라 생각했는데, 주변의 이야기를 들어보면 또 그렇지도 않았다.

래퍼인 애비넴의 말에 따르면 한국인들은 무척 열정적이고, 흥이 넘친다고 말했다.

또 어떤 스타는 한국은 공연하러가는 것이 아니라, 그들에게 에너지를 받으러 간다고 할 정도로 공연 호응이 최고라 했다.

셀레나도 말로만 들었던 그 에너지를 받고 싶다는 생각을 가지고 있었다.

그래서 올해 시작되는 월드 투어 공연 일정에 한국 방문 계획을 집어넣었다.

비록 공연 때문에 다시 몇 개월 동안 수현과 떨어져 있어야 한다는 게 아쉬웠지만, 작년처럼 못 견딜 정도는 아니었다.

작년이야 수현에 대한 믿음이 확고하지 않았지만, 이제는 아니었다.

게다가 연말쯤에 결혼을 하기로 했는데, 흔들릴 이유가 전혀 없었다.

그러니 한국과 어떤 형식으로든 인연을 맺어두기 위해 제이미에게 미리 부탁을 하는 것이다.

"음, 굳이 이렇게 이른 시기에 준비할 필요가 있을까?"

"그렇긴 하지만, 수현 씨가 계약을 끝내고도 이런 이야기를 할 정도면 괜찮은 회사 같아서 그래요. 어차피 올해 월드 투어 일정 중에 한국도 있으니 다른 현지 매니지먼트 보단 그곳이 나을 것 같아서 하는 말이에요."

"듣고 보니 그것도 괜찮네. 어차피 Mr. 수현의 일로 계약할 텐데, 셀레나 것까지 함께 한꺼번에 처리할 수 있으니 나로서도 편할 것 같군!"

제이미도 셀레나의 부탁에 잠시 생각하긴 했지만, 결국 그녀의 요구를 받아 주었다.

어차피 현지 매니지먼트와 업무 협약 때문에 계약을 하는데, 수현의 것과 일괄적으로 처리를 하면 자신이야 편하고 좋았다.

*   *   *

전 인기 아이돌 그룹 로열 가드의 리더 수현, 연인인 셀레나 로페즈와 한솥밥.

전 소속사인 킹덤 엔터와 전속 계약을 해지한 전 로열 가드의 리던 정수현은 연인인 셀레나 로페즈의 소개로 미국의 유명 매니지먼트사인 제이미 코퍼레이션과 매니지먼트 계약을 하였다.

제이미 코퍼레이션에는 정수현 씨의 연인인 셀레나 로페즈 양은 물론이고, 할라우드의 유명 스타인 조니 웹, 조 드로, 케서린 존스, 비비안 영 등 유명 배우들과 매건 페기, 찰리 위치, 샤인 맨데즈 등 다양한 아티스트들도 소속되어 있다.

특히 제이미 코퍼레이션에는 정수현 씨가 출연하는 울프 TV의 드라마 시리즈 '시티 오브 가더'의 주인공 조엘 하트도 소속되어 있어, 이번 '시티 오브 가더' 시즌 3에서 두 사람이 어떤 연기 호흡을 보여줄지 기대해도 좋을 것으로 보인다.

한편 갑작스럽게 제이미 코퍼레이션과 계약을 체결한 정수현 씨는 준비가 미흡한 상황에서도 계약서에 한국에서 활동할 경우 전 소속사인 킹덤 엔터와 협약을 맺겠다는 조약을 추가해 노련한 모습도 선보였다.

수현이 제이미 코퍼레이션과 계약을 맺자, 그 사실은 금세 전파를 타고 한국까지 전해졌다.

계약서에 킹덤 엔터가 기자회견 당시 언급했던 부분이 사실로 전해지자, 이는 한국 연예가에 화제로 떠올랐다.

수현의 계약 내용이 발표되기 전까지만 해도 일부 언론과 안티들은 여전히 수현이 인기가 올라가자 전 소속사인 킹덤 엔터를 '팽'했다고 떠들어댔기 때문이다.

물론 킹덤 엔터는 적극적으로 수현과 자신들의 관계에 대해 해명하며 팬들의 동요를 막기 위해 최선을 다했다.

그러나 킹덤 엔터가 실드를 치면 칠수록 수현에 대한 여론은 악화일로를 거듭했다.

이미 마음속으로 결론을 정해 놓고 있는 사람들에게 킹덤 엔터의 주장은 받아들여지지 않았다.

그리고 허위 사실에 반대되는 증거를 제시하며 여론을 반전시키려 했지만, 오히려 증거를 조작했다고 비난받았다.

그렇다고 킹덤 엔터가 이런 상황을 손 놓고 지켜보기만 한 것은 아니었다.

정도가 심한 이들에게는 예전에도 그랬듯, 관련 증거들을 확보해 모아뒀다.

나중에 수현이 요구했을 때, 수현에게 전달한 뒤 자신이 했던 말에 책임을 물으면 된다.

그렇게 수현이 킹덤 엔터를 버렸다는 분위기가 정설로 굳어지는 듯하던 순간 수현과 제이미 코퍼레이션의 계약 소식이 도달했다.

그러자 기자들은 킹덤 엔터에 대한 공세를 멈추고 사실 확인에 들어갔다.

하지만 악플러들은 언제 멈춰야 하는지 모르는 사람들 같았다.

그들은 이제 이번엔 제이미 코퍼레이션과 짜고 사기를 치는 것이라고 주장하기 시작했다.

킹덤 엔터는 수현의 전속 계약 해지에 대해 더 이상 해명하지 않았다.

설명을 해줘도 듣지 않으려는 사람을 억지로 납득시킬 필요는 없었기 때문이다.

한편 제이미 왓슨은 수현과 계약이 끝나기 무섭게 한국으로 날아와 킹덤 엔터의 대표인 이재명 사장을 만났다.

수현의 계약 내용 중에 한국에서 스케줄이 발생할 경우 전 소속사인 킹덤 엔터의 케어를 받고 싶다는 내용 때문에 협약을 맺기 위해 방문한 것이다.

그리고 수현의 계약을 해결하면서 셀레나 로페즈가 요구한 것도 함께 처리했다.

이재명 사장은 제이미의 방한 소식에 수현과 나눴던 이야기 때문이란 건 짐작할 수 있었지만, 설마 셀레나까지 킹덤 엔터와 계약하겠다고 제안할 줄은 꿈에도 상상치 못했다.

자신들의 기량으론 감당할 수 없어 놓아준 수현이 또 다른 일거리를 자신들에게 안겨준 것이다.

그것도 업무적으로 그리 어렵지 않고, 많은 인원을 동원할 필요도 없는, 정말 식은 죽 먹는 정도의 일이면서 수익 면에서는 충분히 만족할 만한 최고의 일감이었다.

킹덤 엔터의 사장 이재명은 제이미가 내민 계약서에 기분 좋게 사인을 했다.

그리고 이번 사건을 통해 걸러낸 호의적인 기자들에만 연락을 돌려 좋은 건수가 생겼다며 제이미 코퍼레이션과의 협약 사실을 전달했다.

*　　　*　　　*

기사단장 의리를 지키다.

201x년 1월1x일 우리가 아는 최고의 아이돌 그룹 로열 가드가 전격적으로 해체 되었다.

이는 로열 가드의 리더이자 우리들에겐 기사단장이란 닉네임으로 더욱 친숙한 정수현이 소속사인 킹덤 엔터와 계약 기간이 1년이나 남아 있음에도 불구하고, 전속 계약이 해지가 되었기 때문이다.

물론 정수현의 전속 계약 해지는 이전 S*엔터의 유명 아이돌 그룹의 외국인 멤버가 불공정 계약을 이유로 전속 계약을 파기하는 신청을 하며 불거졌던 노예 계약 파문과는 다른 것으로, 이번 수현의 전속계약 해지는 전적으로 소속사인 킹덤 엔터가 먼저 소속 연예인인 수현에게 제의한 것으로 알려졌다.

킹덤 엔터는 수현의 개인 스케줄과 로열 가드의 스케줄이 겹치면서 결단을 내려야만 하는 처지에 놓이게 되자 모두를 위해 수현을 퇴출시킨다는 결단을 내릴 수밖에 없었다.

이유인즉, 리더인 수현의 스케줄을 우선시할 경우 남은 로열 가드 멤버들은 리더의 부재로 인해 1년 동안 활동 없이 시간을 보내야 했기 때문이다.

그만큼 리더인 수현의 스케줄이 꽉 차 있었다. 기존에 출연 중인 울프 TV의 유명 드라마 시리즈인 '시티 오브 가더'의 시즌 3 촬영이 잡혀 있었고, 드라마의 흥행에 힘입어 같은 계열사인 20세기 울프 사에서 영화화 하기로 결정된 '시티 오브 가더'의 스핀오프 영화 'The Great Master'에도 출현할 예정이다.

또 할리우드의 거장 제임스 로렌스 감독의 러브콜까지 받으면서 올해 계획 중이던 로열 가드의 유럽, 아시아 투어에 함께할 수 없게 됐다.

결국 킹덤 엔터에서는 수현과 전속 계약을 해지하고 남은 로열 가드 멤버들을 나이트 D와 나이트 D로 나누어 유닛 활동을 전개할 수밖에 없었다.

장문의 기사가 조간신문 1면을 장식하며 대한민국을 강타했다.

이로 인해 한국의 연예가는 큰 충격에 빠지고 말았다.

그동안 거대 연예 기획사는 자신들이 키운 스타를 킹덤 엔터처럼 조건 없이 놓아준 적이 없었다.

이는 전속 계약 기간이 끝나도 마찬가지였다.

자신들이 키웠으니 전속 계약이 끝나고 재계약 시즌이 되면 당연히 재계약해 줘야 한다고 주장했고, 만약 재계약이 불발되면 자신들의 영향력을 이용해 스타의 정상적인 활동을 방해했다.

　그런데 전속 계약 기간이 1년이나 남아 있음에도 불구하고, 이렇게 회사가 먼저 나서서 계약 해지를 제안한 경우는 흔치 않았다.

〈『스타 라이프』 제15권에서 계속〉